Das Buch
Die Tage, an denen die Welt sich bewegt, an denen man das Leben spürt, das sind für Tobias Puck »Rocktage«. Die anderen? Die trüben Tage, an denen man das Leben nicht spüren kann? Gummispülhandschuhtage.

Als Puck nach einer Uniparty Gwen begegnet, schlägt bei ihm der Blitz ein. Endlich hat er nicht mehr das Gefühl, nur Statist in seinem eigenen Leben zu sein. Wenn es ihm nur gelänge, Gwens Liebe zu gewinnen, wenn sie seine Gefühle erwidern würde, wenn er ihr begreiflich machen könnte, dass sie beide für einander bestimmt sind, dann – so glaubt Puck –, dann würde es nur noch Rocktage geben, dann würde er endlich nicht mehr nur durch sein Leben stolpern wie durch einen falschen Film. Gwen ist seine Chance, sie wird ihn retten, aber sie hat einen Freund. Und der ist nicht das einzige Problem, mit dem Puck konfrontiert wird.

Eindringlich und poetisch, mit feinem Witz und Gespür fürs Absurde, erzählt Dana Bönisch in ihrem Debütroman von einem jungen Mann am Abgrund. Dessen beste Freunde die Laubfrösche im Terrarium sind, der von labbrigen Fischstäbchen lebt und manchmal mit einem Typ namens Goethe in der U-Bahn fährt. Sehnsucht und Liebeswahn – »Rocktage« erzählt so anrührend und verstörend von dieser klassischen Paarung, dass es sich anfühlt, als geschähe es zum ersten Mal.

Die Autorin
Dana Bönisch, geb. 1982, schrieb Kurzgeschichten und Artikel u. a. für *jetzt*, *Spex*, *taz* und *Intro*. 2003 erschien ihr Roman »Rocktage«, 2005 erhielt sie den NRW-Förderpreis für junge Künstler in der Sparte Literatur. Seit 2010 arbeitet Dana Bönisch als wissenschaftliche Mitarbeiterin am Institut für Germanistik, Vergleichende Literatur- und Kulturwissenschaft der Uni Bonn. Sie lebt meistens in Köln, aber gerne aus Koffern.

783

Dana Bönisch

Rocktage

Roman

Kiepenheuer & Witsch

Verlag Kiepenheuer & Witsch, FSC® N001512

5. Auflage 2012

© 2003, 2012, Verlag Kiepenheuer & Witsch, Köln
Alle Rechte vorbehalten. Kein Teil des Werkes darf in
irgendeiner Form (durch Fotografie, Mikrofilm oder ein
anderes Verfahren) ohne schriftliche Genehmigung des
Verlages reproduziert oder unter Verwendung elektronischer
Systeme verarbeitet, vervielfältigt oder verbreitet werden.
Umschlaggestaltung: Barbara Thoben, Köln
Umschlagmotiv: © Barbara Thoben, Köln
Autorenfoto: © Eva Ermert
Gesetzt aus der Dante
Satz: Buch-Werkstatt GmbH, Bad Aibling
Druck und Bindung: CPI – Clausen & Bosse, Leck
ISBN 978-3-462-03326-7

Danke

denen, die dieser Geschichte vielleicht einen kleinen Momentsplitter beigefügt haben, ohne es zu merken; Kerstin Gleba für die vielen Milchkaffees und alles andere; Frank Dohmen für die Rettung des Manuskripts vor meinem tückischen Computer.

An den guten Tagen ging Puck zwischen den Leuten hindurch und konnte in ihre Seelen sehen und begriff ansatzweise die tausend Welten, die zwischen Neumarkt und Roncalliplatz parallel existierten, und er sah ganz deutlich einzelne Federn im Gefieder von schmutzigen Vögeln, und er sah den fallenden Wassertropfen, und er sah Multivitaminbonbons in Mündern verschwinden, und er schrieb im Kopf Gedichte über alles, was er sah – und Musik existierte als fünftes Element, an guten Tagen.

Rocktage.

An schlechten Tagen ging Puck und sah die Leute hinter einer Mattscheibe, und wenn man sie mit den Fingerspitzen berührte, zischte es kurz und kalt, und man bekam einen gewischt. Es gab keine Musik, an den schlechten Tagen.

»Hören Sie, Herr … Puck«, sagte Herr Kiel und fixierte etwas hinter Pucks Kopf, »so werden Sie nicht weit kommen. Es gibt Regeln. Alle hier müssen sich dran halten, sonst funktioniert nichts.« Puck wusste nicht, meinte er mit »hier« die Erde? Oder die Redaktion? »Sie werden nicht weit kommen, wenn Sie so weitermachen.«

»Kommt drauf an«, sagte Puck, »wo man hinwill.« Herr Kiel lachte kurz und hustend. Vor dem Fenster flog eine Möwe kopfnickend vorbei.

»Auch Sie werden einmal sterben, Herr Kiel«, sagte Puck und ging.

Draußen dominierte Beton, und die Sonne kam nicht wirklich zu den Leuten durch, die unten auf der Straße herumkrebsten. Puck ging schnell, er bekam Seitenstiche und konnte schlecht atmen. Er kramte in seiner Tasche nach dem Asthmaspray, fand es aber nicht. Seitlich gegen die Schaufensterscheibe eines Sanitärladens gelehnt, wartete er ein paar Minuten. Mit einem Auge sah er sich im Spiegel, seine schattige Gesichtshälfte, die Augenhöhle wie ein dunkles Tal und irgendwo darüber schwarze strubbelige Boomer-Haare.

Er wusste nicht, wohin. Das fiel ihm nun auf.

Puck ging langsam weiter, sah sein Spiegelbild in die Sonne treten, raus aus der Schaufensterwelt von Rheumaunterhosen und Inkontinenz-Beratungsbroschüren.

Es war früher Frühling.

Puck hoffte, wirklich da zu sein. So, dass die anderen Leute ihn auch sehen konnten. Er hoffte, sich sein Leben nicht einzubilden. In der U-Bahn hatte er aus Testgründen mal laut gesungen, aber niemand hatte wirklich hingesehen oder ihn angelacht oder Ähnliches. Sie saßen alle da wie vorher. All dies gab zu denken. Möglicherweise träumte er nur. Er konnte die Leute verstehen, die sich die Arme aufritzten, um zu spüren, dass sie da waren. Aber er selbst hatte viel zu viel Angst vor seinem eigenen Blut.

Am Tag seines Rauswurfs fuhr Puck genauso still und tot U-Bahn wie die anderen auch.

Es war eben einfacher.

Allerdings saß an diesem Tag auch Johann Wolfgang neben ihm, der vor sich hin flüsterte: »Was zieht mir das Herz so? Was zieht mich hinaus?« Und Puck fühlte tatsächlich Ähnliches. Eine undefinierte Sehnsucht, vielleicht nach etwas, was er mal gekannt und dann verloren, oder nach etwas, was er nie gekannt und immer gesucht hatte.

Schließlich stieg er an der Universitätsstraße aus und kaufte sich eine Brezel, und mit der Brezel im Mund rief er Mo an und bestellte sich Gras.

Mo erwartete ihn dann schon am Weiher, saß auf den Steinen am Ufer und fütterte Enten. In einer H&M-Tüte hatte er altes Brot mitgebracht.

Und blitzbildartig erinnerte sich Puck an anderes altes Brot, in einer Zeit, die ihm vorkam wie ein anderes Leben, Brot in einer Kaufring-Tüte, und an Regen, der sich in den Sommertag mischt.

»Alter«, sagte Mo.

»Alter«, sagte Puck. Er setzte sich neben ihn auf den kalten Stein.

Später gingen sie im Biergarten noch was trinken, denn Mo hoffte, die Rothaarige aus der Meteorologie-Vorlesung wiederzusehen, die angeblich fast jeden Tag um diese Zeit hierherkam. Nach zwei Bier und einer Stunde wurde es jedoch langsam kalt für T-Shirt-Leute, und Mos Handy quäkte wegen wichtiger Geschäfte, und beide, Mo und Puck, gingen wieder ihrer Wege.

»Alter«, sagte Puck.

»Alter«, sagte Mo. Und verschwand Richtung U-Bahn, während Puck den Uni-Trampelpfad einschlug.

Er mochte die Luft an Früh-Frühlingstagen, abends wenn schon ein paar Lichter brannten, hier eins, da eins, und wenn es plötzlich dämmrig geworden war, ohne dass man es bemerkt hatte, weil man sich unterhalten oder nachgedacht oder vom Gesicht eines Mädchens im folgenden Sommer geträumt hatte.

Rocktage konnten auch traurig und still sein; vielleicht waren sogar die meisten traurigen und stillen und auch die verzweifelten Tage Rocktage. Auch die Tage, an denen man seinen Job verlor. Oder beim Skaten eine kleine Spitzmaus überfuhr. Und anschließend mit einem Feuerzeug ein Grab für sie buddelte. Und der Tag ein paar Tage später, an dem man von Weitem mitansehen musste, wie sie, die tote Spitzmaus, von einem Hund wieder ausgebuddelt und unwürdigst behandelt wurde. Das alles hinterließ ein unsicheres, schmerzendes Gefühl im Bauch; ein Gefühl, das nachts verdrängt wurde von warmen, unwissenden, sorglosen Sommerträumen, das aber im Land zwischen Traum und Erwachen wieder auftauchte und sich in Pucks Bauch schlich. Dann blieben ihm noch ein paar Sekunden, in denen das schlechte Gefühl nicht definiert war, nur am Rande von Sonnenwelt und Gänsehaut auf Mädchenbeinen existierte. Und dann fiel ihm alles wieder ein. Der ganze. Scheiß. Platschte. Mit Voller. Wucht. Auf. Ihn. Runter, und er wollte nichts als wieder einschlafen, für immer zurück in die Welt, die nicht Leben war. Und meistens stand er dann doch auf. Und begab sich in die andere, die eine, deren Kühlschränke leer waren, und unaufgeräumt und kalt war es, und er war allein. Es gab traurige Musik, Akustikversionen von Radiohead oder etwas in der Richtung. Auch diese Tage waren Rocktage, denn er lebte oder versuchte es zumindest, und von Zeit zu Zeit berührte ihn die Sehnsucht. Schlechte Tage aber waren Tage, an denen man das Leben nicht spüren konnte. Gummispülhandschuhtage.

Puck vergrub die Hände in den Taschen, es war kühl, der Uni-Trampelpfad voller Früh-Frühlingsregenpfützen.

»Ich kehre in mich selbst zurück und finde eine Welt«, sagte Johann Wolfgang neben ihm, und Puck sah ihn ungläubig an.

In seinen Taschen fand er neben Krümeln, Blättchen und Kaugummipapier einen Flyer.

Er sah ihn sich an: Semesteranfangsuniparty, siehstumal. Das hatte er vergessen. Aber er würde auch nicht hingehen. BWLer-Scheiße.

Die Zugvögel kamen wieder und unterhielten sich am Himmel in formierten Schwärmen.

Die Leute unter ihm feierten ein wenig, als er nach Haus kam; man roch es, sie machten dann immer so einen komischen Gemüseauflauf (»praktisch und schnell, lecker und leicht!« Mit Ausrufezeichen dahinter. Er hasste Ausrufezeichen). Und sie hörten ziemlich laut Musik, alles, was man ihnen gerade als hip verkaufte, bei Saturn oder Mediamarkt. Okay, dachte Puck sich dann. Leben und leben lassen. Sie würden später auf die Uniparty verschwinden. Früher hatten sie sich mal ganz gern gemocht, er und die Quasi-Nachbarn unter ihm (direkte Nachbarn hatte er eigentlich gar nicht, oder sie waren nie da oder vielleicht über sechzig), aber dann hatte er eines Tages von oben auf ihren Balkon gekotzt. Er war noch nicht mal betrunken gewesen, hatte nur was Schlechtes gegessen, und jemand hatte ihn ausgesperrt. Da war er allein mit den Sternen und seinem aufmüpfigen Magen.

Und wenn er sich das genau überlegte: Hatte er nicht zuvor, früher am Abend, unten vorbeigeschaut und ein bisschen Gemüseauflauf gegessen? Das mochte durchaus so gewesen sein. Er hatte ihnen eventuell ihren eigenen Gemüseauflauf von oben auf den Rattansessel gekotzt. Alte Geschichten. Jetzt redeten sie jedenfalls nur noch das Notwendigste mit ihm. Hallo. Tschö. Ist das deine Zeitung, die da im Flur in der Hundepisse vor sich hinweicht? Viel Spaß. Fröhliche Weihnachten. Sag deinen One-Night-Stands mal, sie sollen nicht nachts um fünf in deiner Wohnung hin- und herstöckeln. Aber ihm machte das natürlich nichts aus. Er schlurfte an der lauten Tür vorbei, unter der Gemüseauflaufschwaden durchzogen, und die Treppe hinauf.

Oben wartete schon der Anrufbeantworter auf ihn und tappte nervös mit seinem roten Blinklicht. »Sie haben *eine* Nachricht. Freitag, zwan-zigs-ter April, sechzehn Uhr drei-und-fünf-zig.« Er verabscheute die Satzmelodie dieser Automatenfrau. Sie ging am Ende ganz affektiert hoch, bei »zig«. Und »eine Nachricht« sagte sie, als würde sie eigentlich *nur eine Nachricht*« meinen. Puck öffnete eine Schokomilch. »Hallo Tobias«, sagte seine Mutter in einem nahezu geschäftlich-kühlen Ton, den sie immer anschlug, wenn sie es mit Anrufbeantwortern zu tun hatte, »hier ist Mama. Ich wollte dich fragen, ob du am Samstag zum Essen kommen möchtest. Und hast du dich um die Versicherung gekümmert? Das ist dringend! … Ja, dann ruf mich doch mal zurück. Bis denn.« Sie sagte immer »bis denn« statt »bis dann«. Puck trank die Schokomilch aus und stellte sie auf den Boden neben den Kühlschrank. Dann ging er nachsehen, was die Frösche machten. Sie wohnten in einem kleinen Terrarium in seinem Schlafzimmer. Manchmal saß er lange davor, ganz nah, und starrte hinein, bis seine Augen nur noch grüne Pflänzchen und Steine wahrnahmen und natürlich die Frösche. Er versuchte, sich von ihrer Froschwelt absorbieren zu lassen. Irgendwann würde er sich bei so einem Versuch in einen Frosch verwandeln. Dann käme nach zwei, drei Tagen seine Mutter sorgenvoll vorbei oder Jan oder Lilli, weil er nie ans Telefon gehen würde, und er wäre nicht mehr da. Irgendwann – wie lange würde das wohl dauern: Wochen, Monate? – würden sie weinend seine Wohnung ausräumen und nicht bemerken, dass fünf statt vier Frösche im Terrarium saßen. Weil sie sich nie für die Frösche interessiert hatten. Und sie würden kurz beraten, was mit den Viechern zu tun sei, und er würde von unten zusehen, sein kleines Froschgesicht gegen die Glaswand gepresst. Seine Mutter würde den Vorschlag machen, sie ins Tierheim zu bringen. Ja, das würde sie wirklich tun.

Lilli und Jan würden dann darauf kommen, ihn und die anderen am Aachener oder Decksteiner Weiher auszusetzen. Puck würde glücklich sein. Aber Lilli könnte auch darauf bestehen, sie zu adoptieren – und er müsste ihr sein ganzes restliches kurzes Leben lang beim Sex zusehen, sein kleines Froschgesicht gegen die Glaswand gepresst.

Plötzlicher Hunger auf Fischstäbchen führte Puck in die Küche zurück. Dort fand er auf dem Tisch eine Schokomilchflasche vor. Eine viertel volle Schokomilchflasche. Dieselbe, aus der er eben getrunken hatte. Und er hätte schwören können, dass er sie *ganz* ausgetrunken und dann auf den Boden neben dem Kühlschrank gestellt hatte. Da waren aber nur Bierflaschen.

Er stand in der Küche. Und überlegte, warum es in seinem Leben andauernd Continuity-Fehler gab.

Wie in Filmen, man kannte die Beispiele: In einer Szene hat Rhett Butler die Hemdsärmel hochgekrempelt und in der gleichen Szene, nach einem Schnitt, ordentlich am Handgelenk zugeknöpft. Und in »Pulp Fiction«, als … jedenfalls: Wenn es in seinem Leben Continuity-Fehler gab – wem unterliefen sie?

Die Fischstäbchen gelangen ihm nicht. Sie waren nicht kross. Er saß allein an seinem Küchentisch, im Bauch schließlich labberige Fischstäbchen und trauriges Grundgefühl.

Ruhelosigkeit. Den Kühlschrank aufmachen und rein-
gucken und dann doch nichts essen wollen.

Vom Schlafzimmer in die Küche tigern und wieder
zurück, im Bad in den Spiegel gucken, sich durch die
Haare wuscheln und wieder rausgehen. Fenster auf,
Fenster zu. Radio an, unbefriedigende Musik, Radio
wieder aus. An den Schreibtisch setzen und arbeiten
wollen und dann nicht denken können, absolut nichts
zustande kriegen.

Puck ging dann irgendwann raus; als es schon ziemlich
spät war, konnte man ihn die Zülpicher Straße überque-
ren sehen. Ob er was suchte? Man weiß es nicht. Tatsache ist, dass er irgendwann doch noch auf der Uniparty
auftauchte.

Es war heiß, heiß und feucht; drei riesige Tanzflächen
auf drei Stockwerken, Körperstau auf den Treppen dazwischen, Musik bis in den Bauch, Hunderte bekannte
Gesichter und Tausende unbekannte, und alles griff mit
einer riesigen Hand nach ihm, nahm ihn an der schlabbri-
gen Hose und zog ihn nach innen, obwohl er sich wehrte.
Die Zeit verwischte; irgendwann traf er Jan und Konrad
und die anderen, und ein tolles Mädchen in einem roten
T-Shirt kam vorbei und übergoss ihn aus Versehen mit
Bier und küsste ihn zum Trost, und später verlor er sie
im Körperstau, und Konrad sagte ihm was ins Ohr von
Praktika bei Microsoft und Thunfischbagels, und er verstand nur jedes fünfte gebrüllte Wort. Lilli griff mit hei-
ßen Händen nach ihm und nahm ihn mit zur Bar, weil
die Tequila-Happy-Hour nur noch fünf Minuten dauerte.

Einmal, als er gegen sieben nach einer Party wie dieser im Bett lag, wurde ihm klar, dass er während der ganzen Zeit an diesem Ort nicht gedacht hatte; oder dass er sich zumindest nicht daran erinnern konnte, gedacht zu haben. Deswegen war auch die Zeit verwischt, gestaucht im Ganzen, gedehnt in manchen Momenten. Aber er dachte natürlich nicht daran, dass er nicht dachte, als er beispielsweise gerade mit Lilli durch das Körpermeer zur Bar schwamm. Puck hatte zwischendurch vom ersten ins zweite Stockwerk gewechselt, denn unten hatten sie angefangen, arroganten HipHop zu spielen – so Sachen, bei denen er sich immer schütteln musste. Oben hatten sie mal wieder »Smells Like Teen Spirit« rausgekramt. Er sah den Leuten zu, wie sie mit den Köpfen nickten und die Lippen bewegten, ohne den Text zu können.

Ob es irgendwann in der Weite der Rockjahre auf einem Konzert irgendwo auf diesem Planeten schon mal passiert war, dass alle Leute in jenem Raum auf einmal in der Luft waren? Hunderte, Tausende? Dass sie in derselben Nanosekunde hochgesprungen und in derselben Nanosekunde wieder gelandet waren? Dass eine Nanosekunde lang kein Paar Füße den Boden berührt hatte? Niemand, niemand würde das je wissen.

Puck fand sich später draußen auf den Stufen vor der Mensa wieder.

Am Himmel führten die Sterne für ihn einen leisen und bedächtigen Tanz auf. »I wish ... we could be dancing in the dark ...«, sang er vor sich hin, »... really slow ...«

Und die Sehnsucht tat ihm weh, traf ihn unvorbereitet irgendwo in der Bauchgegend. Wonach er sich sehnte, wusste er nicht. So musste es sich anfühlen, wenn man einen Zwilling hatte, den man seit seiner Geburt nicht gesehen hatte, von dem man vielleicht gar nichts wusste.

Aber er glaubte nicht an den Zwillingskram. Er hatte bestimmt keinen gehabt. Tobias Puck war allein hier. Er musste irgendwie fertig werden mit dem Leben auf diesem Planeten.

Aber woher kam das Gefühl dann?

Hatte es was mit der Unendlichkeit zu tun? Und damit, dass niemals jemand wissen würde, ob mal alle Leute auf einmal in der Luft gewesen waren?

Puck ging die Treppe hinunter und ließ Mos Rucksack auf den Stufen liegen.

Kiffen half auch nicht mehr.

Es konnte nichts gegen die Sehnsucht tun.

Der Park war nicht weit.

Puck pflügte mit seinen großen Adidas-Füßen den Kies zur Seite. Er kieselte durch die relative Stille der Frühlingsanfangsnacht. Sein Handy fing plötzlich an, die Muppets-Melodie zu quieken. Lilli hatte das programmiert. Er mochte es nicht besonders, sein Handy. Also nicht so, wie andere Leute das tun.

»Hallo?«

»Sag mal, wo bist'n du? Was denkst'n dir dabei?«

Es war Mo. Er hatte wahrscheinlich seinen Rucksack allein auf der Mensatreppe vorfinden müssen, obwohl er Puck instruiert hatte, ihn zu beschützen. Puck entschuldigte sich höflich und legte auf.

Mo allerdings hatte schon vorher aufgelegt.

Der Weiher war ruhig und nachtdunkel und am Rand orangefarben. Vielleicht mochte Puck den Park deshalb so gern: weil seine Laternen orangefarbenes Licht hatten, wie die in Italien. Das Licht erinnerte an Vespasurren und warme Luft in einem Land, in dem die Nacht fast niemals todesähnlich still ist. Mindestens Grillen sind immer da und passen auf einen auf, wenn man allein ist.

Im Prinzip wäre Puck wahrscheinlich doch glücklich gewesen, wenn er ein kleines anarchisches Froschleben zwischen Grashalmen führen würde, und zwischen anbetungswürdigen Gänseblümchen.

Eine Ente, still durch die Nacht quakend, nur ein einziges Mal. Sie schlief mit anderen in einem Haus mitten auf dem See. Auf der Wiese bewegte sich etwas, eine Zigarette glühte. Da saßen ein paar Leute, und jetzt nahm er auch Gesprächsfetzen wahr.

Parknacht.

»Der Dichter betet den Zufall an«, dachte dann der anarchische Frosch, als sich aus dem schwarzen Gruppenklümpchen auf der Wiese eine lange Gestalt löste und auf ihn zulief – es war Lilli, und ihre Lippen glänzten im italienfarbenen Licht.

»Puck«, sagte sie, und umarmte ihn warm und betrunken. »Was machst du denn hier? Magst du mit mir nach Hause gehen?«

Er wusste, dass sie gelegentlich Angst hatte vor der dunklen Brückenunterführung und dem noch dunkleren Uniparkplatz, aber er wusste auch, dass sie gelegentlich absichtlich Angst hatte.

»Willst du denn nicht zurück zur Party?«, fragte Puck und hielt sie fest.

»Nö«, nuschelte sie an seinem Hals, »mir geht's nicht so gut, und die Leute da drüben sind so langweilig … Bitte …«

Und so brachte er sie nach Hause. Es war eigentlich nicht weit, aber sie hing ziemlich schwer an seinem Arm und erzählte von Krötenwanderungen, und ihr Parfüm erinnerte ihn an den vorletzten Winter; sie hatten die drei Wallace-&-Gromit-Filme hintereinander gesehen und Früchtequarkauflauf gegessen.

Und in ihrem Hausflur, nachdem er für sie aufgeschlossen hatte. Siehstumal. Da. Atmete. Sie. In. Sein. Gesicht. Und. Küsste. Ihn.

Im deutschen Straßenlaternenlicht, das durch die Milchglashaustür spingste, drückte sie sich an ihn, und sie küssten sich gegen die Wand gelehnt. Sie streckte beide Arme nach oben und ließ ihre Finger über die Kacheln krabbeln, sie bog sich ihm entgegen und sagte: »Ich mag nicht alleine sein. Was ist, wenn die Kröten schon da sind?«

Lilli lachte mit weißen Zähnen und wirkte plötzlich gar nicht mehr betrunken.

Sie wand sich an der Wand, ein gefangener, langer Fisch, und wollte, dass er sie packte.

Und das tat er auch, natürlich tat er das. Sie stolperten gegen das Treppengeländer.

Dann flutschte der Fisch wieder weg und zog ihn

die Treppe hinauf. Sie war ihm sehr vertraut und sehr fremd in der kichernden Flurstille. Eigentlich zu vertraut, um mit ihr zu vögeln. Eigentlich zu fremd in diesem Moment, um es nicht zu tun. Aber plötzlich. Als sie mit dem Schlüssel gegen das Schloss stocherte und ihm nebenbei ihre glitschige Fischzunge in den Mund bohrte. Da sang es in seinem Kopf: And I wish ... we could be dancing in the dark ... und in jenem Moment wurde der Tag, der bis jetzt zwischen Rock und Gummispülhandschuh gekippt hatte, zu einem wahren Gummispülhandschuhtag, denn er fühlte sich, als wäre er nicht da.

»Ich geh dann jetzt besser«, sagte er, und ja, unbewusst hatte er diesen Satz natürlich aus einem Film und auch die Art, wie er dabei die Hände in den Taschen hatte und unsicher die Schultern vor- und zurückschob. Lilli drehte sich ganz zu ihm um und sah ihn mit großen Augen an, mitten in der Stille, die plötzlich auf Saugen und Kichern gefolgt war.

»Das meinst du nicht im Ernst?«

»Doch, ich denke, es ist besser für uns beide, für unsere Freundschaft, weißt du ...« Irgendwas in dem Sinne stammelte er sich mit Sicherheit zusammen. Wenn er aufgeregt war oder sich schämte, redete er immer sehr schnell.

»Freundschaft? Du glaubst, dass wir Freunde sind?«

»Ja, natürlich ...« Er hatte das unbestimmte Gefühl, dass sie ihn gleich schlagen würde.

Sie ging rein, machte erstaunlich leise die Tür hinter sich zu, schloss ab und schrie dann von innen – er

20

zuckte zusammen –: »Es gibt keine Freundschaft zwischen Katzen und Hunden!«

Sie schämte sich dafür, dass sie ihn nicht hatte verführen können und dass er das morgen noch wissen würde. Und er schämte sich dafür, dass er sich nicht hatte verführen lassen und dass er die Sache mit der Freundschaft vorgeschoben hatte.

Die labbrigen Fischstäbchen, die irgendwo in seinem Bauch ihr Schläfchen hielten, seufzten kurz und drehten sich auf die andere Seite.

Die Luft draußen war schön. Er ging los, ohne zu wissen, wohin.

Der schlaksige junge Mann – ein Biolehrer in der zehnten Klasse hatte ihn gar einmal als Paradebeispiel für leptosomen Körperbau auf den Tisch gestellt – kaufte sich sodann am Kiosk »Hürdyie« ein paar Gummifrösche, aber sie brachten nicht den gewünschten Effekt und quollen vor Traurigkeit auf. Puck stand mit den Fröschen im Mund vor Herrn Hürdyie, der versuchte, ihn in eine Diskussion über Galatasaray zu verwickeln. Kein Mensch außer Herrn Hürdyie wusste, dass er sich für Fußball interessierte. Und wahrscheinlich kam das daher, dass er sich überhaupt nicht für Fußball interessierte. Nur hatte er in Herrn Hürdyies kleinem Kiosk immer das Bedürfnis, so zu tun, als interessierte er sich für Fußball.

Es verhielt sich ja auch so, dass er dieses Spiel durchaus als angenehm empfand. Weil es schon immer da gewesen war, zumindest, seit er da gewesen war. Weil es sich nie wirklich veränderte, von den Spielerfrisuren und der Länge der Hosen abgesehen.

Manchmal nahm er an, dass eine vergleichbare Konstante auch im Leben einiger seiner Freundinnen existierte; sie hatte was zu tun mit »Dirty Dancing«, den sie alle mindestens dreißig Mal gesehen hatten. Im Fußball war es, als würden alle Zeiten nebeneinander existieren. Und er fühlte sich zu Hause, wenn irgendwo Fußball lief. Bundesliga, EM, WM, immer war etwas Fußballgeschichte parallel zu seinem Leben verlaufen. In gewissem Sinne war Fußball realer als der Küchentisch seiner Kindheit. Aber nur bei Herrn Hürdyie war Puck der Puck, der sich für Fußball interessierte.

Schließlich und endlich holte die Uniparty ihn sich wieder.

Aber als er wieder bei der Mensatreppe ankam, die er vor Jahren zusammen mit Mos Rucksack zurückgelassen hatte, geschah etwas.

Da war ein kühler Wind, der plötzlich in die Vakuumstraßenstille der Frühlingsnacht einbrach, er verstörte die dürren Bäume an der Straße und jagte vergessene Flyer vor sich her und spielte mit knackenden Dosen. Und der Wind wurde stärker.

Puck setzte sich auf die Treppe, und das Sehnen war wieder da; es roch das kommende Gewitter, so wie er. Und als die Stille kam und als dann die ersten Donner kracksten wie Kakofonien riesiger Knallfrösche in der Ferne, da dachte er daran, dass er früher alle Gewitter verschlafen hatte. Wach sein in der späten Nacht oder am frühen Morgen und Gewitter spüren mit der Haut.

Das Mädchen neben ihm zog sich eine Spange oder etwas Ähnliches aus den Haaren, er kannte sich da nicht so aus, und tat sie gleich darauf wieder hinein. Dann legte sie ihr Kinn auf ihre Knie.

Die erschreckendste Stelle in einem Buch, die er je gelesen hatte: Der Protagonist bemerkt plötzlich, dass dreißig Jahre vergangen sind. Dass er nun ein alter Mann ist. Er bleibt an einer Straßenecke stehen und merkt, wie aus einem Traum erwachend, dass die Dinge, von denen er gerade erzählt hat, wahnsinnig lange her sind. Dass die Zeit, die seitdem vergangen ist, die er für ein paar Jahre hielt, in Wirklichkeit eine Ewigkeit ist. Davor, genau davor hatte Puck eine wahnsinnige, kindliche Angst.

Das Mädchen. Sie kramte in ihrer Tasche und holte Kaugummis raus, und etwas benebelt und neben sich fragte Puck sie in derselben Sekunde, ob er einen haben könnte. Denn was ihn schon den halben Abend begleitet hatte – außer der Sehnsucht –, war ein Geschmack im Mund, von dem er glaubte, dass er mit einem Mundgeruch verbunden war, der kleine Zicklein in Standuhren treiben könnte. Was das Gewitter in der Zeit tat? Es kam näher.

Und was noch da war: Augen, die etwas mit ihm taten, was er mit allen Worten, die er kannte, nicht umfassen konnte.

Und das Gewitter war zu nah, ihre Augen zu schön und dunkel, zu sehr wie ein Lied von Placebo, als dass er Worte hätte erfinden können; er hatte es in einer Sekunde verlernt, Gedichte zu denken.

»Ich glaube, gleich kommt der Regen«, sagte sie. Sie hatte recht, die Luft wartete auf den Regen. Er war kokett heute, er kam nicht, ehe er nicht rausgeklatscht wurde.

Man sah Mücken im Straßenlaternenlicht, sie sprangen in der Luft in die Luft.

»Bist du, also, studierst du hier?«, fragte Puck, ohne sie anzusehen.

»Ja«, sagte sie, »Kunstgeschichte.«

»Oh«, sagte er, weil ihm nichts Besseres einfiel.

Das Leben war da in diesem Moment, es war nicht mehr, als würde er mit toten Augen Fernsehen gucken. Er war da, er war dabei, bei Puck und einem Mädchen mit Placebo-Augen in der Nacht, gleich würde es anfangen zu regnen. Er überlegte, ob er nicht schon einige Minuten den Atem angehalten hatte, ohne es zu merken.

Was er bemerkte, war, dass es in dieser Nacht des zwanzigsten April so gegen vier Uhr fünfzig auf wundersame Weise warm geworden war, obwohl sich der Regen schon im Backstagebereich rumlümmelte.

»Bleibst du hier, wenn es anfängt zu regnen?«, fragte sie.

»Ich denke schon«, sagte er. »Ich setze mich ein paar Stufen höher, da bleibt's trocken.«

»Dann bleib ich auch hier«, sagte sie, und sie hatte ein paar Sommersprossen auf der Nase und sehr lange Beine in alten Jeans.

24

»Wie heißt du?«, fragte sie herausfordernd, und das kam ihm komisch vor in diesem Moment. Es passte zu einem kleinen Mädchen, das im Urlaub an einer Sandburg baute.

»Eigentlich Tobias«, sagte er, »aber alle nennen mich Puck.«

Man kaute schon wieder viel zu hektisch Kaugummi, viel zu hektisch.

»Und du?«

»Ich heiße Gwen. Von Gwendolyn.«

Ihr Name klang nach Märchen, sie selbst war ein Märchen, ein Märchen, das sich auf der Welt rumtrieb, um Leute glücklich zu machen. Durchscheinend wie ein heller Gedanke, mit zerbrechlichen, langen Fingern erzählte sie ihm von ein paar Dingen, nach denen er wahrscheinlich gefragt hatte. Er wusste es nicht mehr so genau, und er kaute viel zu hektisch Kaugummi.

Kurz war es still.

Eine Ente überquerte den Weg und verschwand im Dunkel des Parks. Und dann kam der Regen. Zuerst in einzelnen Tropfen, die auf das Metallgeländer klirrten. Dann als ein Meer, das durch ein Sieb vom Himmel geschüttet wurde; die Erde roch nach Sommer.

Puck und Gwen krochen ein paar Stufen höher und atmeten den Regen, ohne nass zu werden.

»Goldfinger«, sagte sie, »das Regenlied von Ash.« Er sah sie staunend von der Seite an.

Als es zu regnen begann, als die Tropfen auf das Metalldings klirrten, als Herr Hürdyie ein paar Straßen weiter endlich seinen Laden schloss, um ins Bett zu gehen und lange nicht mehr aufzuwachen, als sie dem Regen zusahen und zuhörten und ihn fühlten, als es drinnen hell wurde und die Straßenlaternen sich ausschalteten, geschah etwas Seltsames: Sie holte eine eingepackte Lakritzschnecke aus der Tasche, knisterte das Papier auf, holte die Schnecke raus und nahm ein Ende zwischen ihre weißen Vorderzähne. »Eigentlich müsste man mal ausprobieren …«, murmelte sie. Und dann drückte sie Puck die Schnecke in die Hand, rollte mit den Zähnen das Lakritzband ab, sah ihm aus kurzer Entfernung in die ängstlichen Augen, er atmete sie ein, und dann stand sie auf und ging langsam rückwärts in den Regen, ging immer weiter, bis die Schnecke ganz abgerollt war. »So lang issie also«, sagte sie mit Lakritzzähnen.

Und dann: »Magst du sie aufessen?«

Später, die Lichter drinnen waren erst an- und dann ganz ausgegangen, tanzten sie im Dunkeln und zunächst ohne Musik. Doch dann, zum Abbauen, legte man in der Vorhalle die Sportfreunde auf.

Und irgendwann, man weiß nicht, wie, denn die Zeit war nicht vergangen, war es Morgen, und die Kotze vor der Uni war getrocknet, und sie saßen im fahlen Schein auf einer Bank im Park, noch beduselt und verstört von einem absurden Traum.

Dann wollte sie ganz schnell gehen, plötzlich ihr Gesicht, ihre Augen kilometerweit weg, und er konnte sich kaum bewegen, und er traute sich nicht, sie zum Abschied auf den Mund zu küssen, denn er bildete sich ein, dass er wieder Mundgeruch hatte.

She slips into the night
And she is gone
Gone to set the score Gone into the town
Rain shining in her eyes

»Du hast ja meine Nummer«, sagte sie, und sie lächelte ein kleines Lächeln und ging, eine Gestalt in langen hellen Jeansbeinen, Richtung Parkausgang, winkte noch mal ein kleines Winken und wurde immer weißer und kleiner und verschwand und nahm mit sich Lakritzstrecken und unaussprechliche Dinge.

Die Bäume hatten kleine grüne Spitzen bekommen. Puck fühlte sich grenzenlos stinkig.

Er öffnete seine Hand: darin lag, feucht und geliebt und klein-zerkrümpelt, ein Zettel mit ihrer Nummer: Gwen. Als er geduscht und sich die Zähne geputzt hatte und halbwegs wach war, kapierte er einen kleinen Teil von dem, was geschehen war. Er machte sich nackt und tropfend und alleine Fischstäbchen und war nicht traurig dabei.

Das war die Sache.

Puck fütterte die Frösche. Ihm war heiß und schläfrig und als würde er sterben. Er ließ sich ins Bett fallen und machte das Licht

Aus.

Die Liebe in den Zeiten der Maul- und Klauenseuche:

Puck erwachte auf einem anderen Planeten.

Es waren Jahrtausende vergangen, seit er eingeschlafen war. Goethe saß aufrecht neben ihm im Bett. Sie sa-

hen aus wie ein schwules Pärchen an einem Sonntag-
morgen. Diesmal sagte er nichts. Er hatte die Hände
über dem Bauch gefaltet und blickte mit einem weisen
Lächeln in die Morgensonne, die durch die Vorhänge
kroch.

Puck hatte ein gutes Gefühl im Bauch, ein Rocktag-
gefühl, und dann dachte er eine Nanosekunde nach hinter seinen verklebten Augen, und plötzlich wusste er,
dass das Gefühl nicht aus seinem Traum kam, wie in allen Monaten vorher, sondern aus seinem Leben.

Er tockte gegen das Terrarium, um den Fröschen Guten Morgen zu sagen, und dann ging er nachsehen, was
es in der Küche so gab. Die gesamte telekommunika-
tive Einrichtung ignorierte er zunächst. Er würde sich
sowieso nicht trauen, sie anzurufen oder ihr zu schreiben. Noch nicht. Später vielleicht. Das Basilikum auf
dem Fensterbrett roch nach Sonne, und er hörte die Get
Up Kids, und der eine oder andere Refrain kitzelte heiß
über seinen Rücken, und er sah sie. Wie sie im Dunkeln tanzte auf die Musik, die in ihrem Kopf lief, ihr
weißes T-Shirt und die rote Jacke mit den drei Streifen
in der Hand. Dann ging er zurück ins Badezimmer und
kotzte, weil er so glücklich war.

Goethe war weg.

Puck sah Nachrichten.

Er brachte den Müll runter. Rief Mama an. Sie kochte
Spaghetti Vongole. Er hatte Hunger, aber traute sich
nicht aus dem Haus. Er schlug die Zeitung auf. Rinder
wurden verbrannt und Titten aufgepumpt, und beides

sah nachher schlimm aus. Der Baum vor seinem Fenster war über Nacht gewachsen und lehnte sich betont lässig an sein Balkongeländer.

Puck konnte sich dabei beobachten, wie er leicht ärgerlich wurde, weil sie nicht anrief, obwohl er gleichzeitig genau wusste, dass er ihre Nummer hatte, nicht sie seine.

Er holte ein leeres Blatt und einen Stift. Es musste möglich sein, diesen Morgen, an dem alles neu und ungewiss und grün und sonnig war, in sich zu haben, statt nur an diesem Morgen zu leben.

Er versuchte zu dichten; in sich reinzuschlucken, indem er die Welt sah und durch sich durchgehen ließ und zu Worten transformiert wieder ausspuckte.

Zwei Tütensuppen später war es Abend, und die Hochspannungsleitung in seinem Bauch knisterte gefährlich.

Das Blatt war leer. Hatte er gestaubsaugt? Oder hieß es besser: Staub gesaugt? Er war sich nicht sicher. Wie es hieß. Und ob er es getan hatte.

Als er Gwen traf, hatte er es verlernt, in Gedichten zu denken; Gedichte schreiben hatte er allerdings noch nie gekonnt.

Er dachte an seinen Deutschlehrer, der – vor Jahrzehnten, wie es ihm schien – in staubflimmernden Kursräumen von der »Sprache als Mittel der symbolischen Repräsentation« gebrummt hatte, vom Erkennen der Welt durch Worte, vom Sich-selbst-Erkennen. Und dann: Prostatakrebs, es brummte sich aus.

Das Erkennen; aber wie genau das geht, hatte er nie erzählt. Denn Puck hatte das sichere Gefühl, dass er sich weiter von den Dingen entfernte, je mehr Namen er ihnen gab, je mehr Worte er gebrauchte für sie.

Barbarez schoss das 1:0 gegen Bayern. Der junge schlaksige Mann auf einem Sofa in einer kleinen Wohnung in einer Stadt an einem großen Fluss fand einen Pizzakarton auf seinem Schoß.

Puck zitterte von innen.

Und dann kramte er endlich sein Handy aus der Sofaritze.

Er tat einige Zeit so, als würde er den Zettel suchen, aber in Wirklichkeit wusste er genau, wo er war: in seiner Hosentasche.

HI GWEN,
WILL DICH WIEDERSEHEN

Ziemlich unmöglich.

In seinem Auge war etwas. Es fühlte sich an wie ein Sandkorn. Die Fußballer knäuelten sich in ihrer seltsamen Parallelwelt auf dem grünen Boden rum.

GWEN,
ERINNERST DU DICH AN MICH?
WILL DICH WIEDERSEHEN,
PUCK AUS DEM PARK

Warum sollte sie sich nicht erinnern? Das Sandkorn schwamm unter seinem Oberlid rum, und je heftiger er daran rumrieb, desto größer wurde es.

30

HI GWEN,
SEHEN WIR VOR WIEDER?

Scheiß-T9. Das machte immer »vor« aus »uns«. Gwen, Gwen, Gwen, ein Name, der nicht auf ein Handydisplay passte.

GIB MIR DIE HAND
WIR WOLLEN EINANDER VERWACHSEN
EINEM WIND BEUTE
EINSAMER VÖGEL FLUG

Er musste niesen, niesen, niesen.
    Seine Nase explodierte. Klopapier holen.

FICKEN

Es musste was mit den beschissenen Pollen zu tun haben.

SOVEREIGN BRIDE OF THE INFINITE
YEAH YOU ARE SHINING LIGHT

Und irgendwie blieb es dann doch bei einem fröhlich hingerotzten

HEY LAKRITZMÄDCHEN,
WÜRDE DICH GERNE WIEDERSEHEN.
WANN HAST DU MAL ZEIT?

Nachricht senden.

Die Hochspannungsleitung.

Es bestand Lebensgefahr.

Die Abendsonne schien durch seine Augenlider, draußen auf dem Balkon.

Und es war das Meer, das rauschte, nicht der Verkehr.

Er schnüffelte an der Sonnencreme, die verkratzt auf dem Tisch stand; unter dem Deckel klebten noch Sandkörner aus Tarifa.

Das Handy lag klein, schwarz, boshaft in seiner Hand und schwieg beharrlich.

Am nächsten Morgen gegen zehn konnte man Puck am Aachener Weiher spazieren gehen sehen.

Die Sonne schien durch die Blätter, und diese Art, wie sie sie zum Leuchten brachte und Grün zu einer schönen Farbe machte und zitternde Schatten auf die vermüllten Wege malte, erinnerte Puck daran, wie es in Filmszenen dargestellt wird, wenn jemand bald sterben wird, aber nicht sterben will, weil die Welt so schön ist.

Es ist still in diesen Szenen, fast kein Ton, dumpf und Zeitlupe, und die Kamera fährt unter Blätterdächern entlang, durch die Sonnenstrahlen fallen. Das Gesicht des Menschen, der nicht sterben will, ist der Sonne zugewandt, von Sonne überströmt, und dann kommen wieder kleine Schatten. Er hat die Augen geschlossen, und ein leichtes Lächeln ist auf seinem Gesicht.

In allem ist diese dunkle Vorahnung, aber eigentlich

nur, weil man diese Szenen schon kennt und weiß, was bald kommt, egal welcher Film es ist und obwohl es doch in Wirklichkeit ganz anders wäre.

Und dann, spätestens dann, setzt Filmmusik ein, so Klaviergeklimper mit Streichern, und Lilli heult neben dir.

Puck setzte sich auf die Bank.

Und ganz schlimm ist es, wenn Meg Ryan diejenige spielt, die ihr Gesicht in die Sonne hält.

Es war die Zeit für Pärchen mit Barbourjacken und Golden Retrievern, denn es war Sonntag, gegen zehn, im Park. Das fiel ihm jetzt auf.

Meg Ryan ging bestimmt auch mit Russell Crowe spazieren, beide in Barbourjacken.

Einmal hatte ihm jemand ein Buch empfohlen, das bunt gestreift war, wie ein Benetton-Polohemd, und der Protagonist redete schon auf den ersten Seiten von Barbourjacken und »gut gekleideten Menschen«, die dann Jacketts und schwarze Schuhe und Hemden in Hosen trugen. Es musste ironisch sein, und doch schüttelte es ihn tief drinnen.

Er hätte gerne in einer Welt gelebt, in der es keine blonden Frauen mit spitzen Nasen, Goldschmuck, Hermes-Halstüchern und Barbourjacken gäbe, die von Guerlain- und Pferdesattelgeruch umweht ihren Golden Retriever ausführen.

Also nicht, dass er was gegen Golden Retriever gehabt hätte. Sie taten ihm leid. Wer ist schon gerne Accessoire zu einer Barbourjacke.

Weiterhin trug er sich mit dem Gedanken, einen Golden Retriever zu entführen und ihm das wahre Leben zu zeigen.

Er sprach einen an. Der kam zu ihm, und als Puck ihm die Hände entgegenhielt, schnüffelte er daran und wedelte höflich. »Fuß!«, plärrte das Barbourmonster, und der Hund trabte weiter. Es war wohl nur was zu machen, wenn sie noch Welpen waren, dachte sich Puck.

In diesem Moment geschah das Typische: Sein Handy fiepte, weil es eine Kurzmitteilung erhalten hatte. Wenn man sehr auf etwas wartete, dann trat es immer in dem Augenblick ein, in dem man gerade nicht so sehr wartete, weil man beispielsweise versucht hatte, Golden Retriever aus Barbourwelten zu evakuieren.

Als Nächstes geschah wieder etwas Typisches:

ALLES KLAR?
DU SCHULDEST MIR NOCH WAS.
HEUTE IM UNDERGROUND? MO.

In einer Nanosekunde sank ein raschelnder Glückshaufen zusammen, und Puck wurde wütend. Sein Handy schien irgendwie gegen ihn zu sein. Es war schon immer so gewesen, dass elektronische Geräte was gegen ihn hatten. Mikrowellen, Computer, Stereoanlagen. Es ging etwas Feindseliges von ihnen aus. Irgendwann würde es so weit sein, dass –

»Entschuldigen Sie? Könnten Sie aufhören, so viel Staub aufzuwirbeln? Es gibt Leute, die auf diesen Bänken sitzen und in Ruhe lesen möchten ...«

Die graue Frau rubbelte sich über ihre Krampfaderwaden in transparenten Strümpfen und sah ihn pikiert an. Auf ihrem Schoß lag eine Kölner Tageszeitung.

Wenn du wüsstest, dachte er sich, dass ich bis vor Kurzem für dieses beschissene Blatt dein Horoskop erfunden habe, Tag für Tag, und Tag für Tag habe ich so dein Leben gelenkt, nur ein ganz klein wenig vielleicht – ›Verlassen Sie sich heute nicht auf einen alten Bekannten‹ – , aber doch hast du an mich geglaubt, da bin ich mir ganz sicher.

Er hätte gerne gewusst, wer jetzt die Horoskope schrieb. Wahrscheinlich das Rätselseiten-Mädchen.

Die graue Frau schob ihre Brille auf die Nasenspitze und las weiter, derweil stand Puck auf und ging.

Fickt euch doch alle.

Der Vorhang fiel.

Wenig später konnte man Tobias Puck in der Bahnhofsbuchhandlung herumgehen und letzte Sätze lesen sehen.

Letzte Sätze waren etwas Großartiges.

»Ich folgte ihm mit den Augen auf seinem Weg in den nächtlichen Himmel und wandte mich erst ab, als er seinen Platz in der Dunkelheit gefunden hatte.«

»Fragt Oskar nicht, wer sie ist! Er hat keine Worte mehr …«

»I think of Dean Moriarty.«

»– so lebte er hin.«

»Don't ever tell anybody anything. If you do, you start missing everybody.«

Und dann: Stille. Leere Seiten. Wenn es eine lange Geschichte gewesen war und eine gute, dann fühlte man sich verlassen. Ansonsten legte man das Buch weg, dachte nicht länger darüber nach und lebte weiter, indem man etwas anderes tat: Eis kaufen, Knöpfe annähen, sich einen runterholen, telefonieren, nachsehen, ob die Lockenfrau gegenüber eventuell wieder in einem Männerunterhemd durch die Küche lief.

Gute Kurzgeschichten waren manchmal so, als würden sie nur aus letzten Sätzen bestehen.

Puck überlegte, wie eigentlich der letzte Satz der Bibel lautete. Er fand die Bibel eigentlich ganz in Ordnung, wenn man sie als langes Gedicht auffasste. Besonders das Hohelied der Liebe, es handelte vom Erkennen und vom Erkanntwerden, und das war seiner Meinung nach –

»Tobias?«

Das war die Stimme seiner Textilgestaltungslehrerin. Er merkte, wie er unter den Armen zu schwitzen begann. Er hatte keine Ahnung, warum sie ihn immer noch kannte. Vielleicht, weil er damals in der Grundschule seinem Filzigel als Einziger einen Penis gestickt hatte. Jedenfalls waren sie sich während seiner Gymnasiumszeit immer wieder über den Weg gelaufen, und er hatte eigentlich jedes Mal damit gerechnet, dass sie die Sache mit dem Igel ansprechen würde.

»I think of Dean Moriarty«, sang es in seinem Kopf, »I think of Dean Moriarty.«

Die Textilgestaltungslehrerin fragte ihn, was er denn nun so machte – beruflich halt –, und er antwortete, dass er studiere (das »mehr oder weniger« verschwieg er, und auch die Sache mit dem Job, natürlich) und dass er bald heiraten würde, ein Mädchen namens Gwen, Gwendolyn.

Sie war entzückt, denn nicht viele junge Leute entschieden sich heute zu diesem Schritt, nicht wahr?

Sie sagte das auch: »Ich bin entzückt«, und drückte ihm fest die Hand.

Sein Herz tat ihm weh.

Auch, weil er sich ziemlich sicher war, den Filzlappenigel mit dem gestickten Penis drauf irgendwann mal weggeschmissen zu haben.

Er verabschiedete sich schließlich, und die Textilgestaltungslehrerin verschwand wackelnd hinter einem Bücherregal mit einem »Reise«-Schild obendrauf, bis sie irgendwann – an einer anderen Stelle seines Lebens, in einer anderen Zeit, wenn die Maul- und Klauenseuche längst Geschichte sein würde – wieder auftauchen und ihm eine Frage stellen würde.

Das Handy schwieg die ganze Woche lang.

Freitagabende waren Underground-Abende. Puck schob sich hinter Mo durch den Biergarten und hielt nach einer freien Bank Ausschau. Und. Dann war es plötzlich, als würden Ash »Shining Light« anspielen, und gleichzeitig wurde ihm schlecht, und er hatte wahnsinnige Angst, ihr auf die weißen Turnschuhe zu kotzen, denn SIE stand vor ihm, Braut der Unendlichkeit, sah ihn erst nicht, und er wusste nicht, was er machen, ob er Hallo sagen sollte oder nicht, aber dann fanden ihre Placebo-Augen ihn, und sie lächelte und alles war gut.

»Hi«, sagte sie.

»Hi, wie geht's?«, antwortete er. Atembeschwerden.

Er dankte demjenigen, der für die gelegentlichen Continuity-Fehler in seinem Leben verantwortlich war, für den unrealistischen Einfall, Gwen hier auftauchen zu lassen.

Sie lächelte ihn an, aber dabei wirkte sie irgendwie zerstreut, ihre Augen huschten kurz über die Menge, als würden sie irgendwen suchen, um dann zu ihm zurückzukehren.

»Och … gut«, sagte sie, und dann: »Wollte dich die ganze Zeit schon anrufen.«

»Ach ja, stimmt ja …«, sagte Puck, als würde ihm das mit der SMS gerade einfallen.

Sie kippte ihre Füße nach außen, kippelte von einer Seite zur anderen, und ihre weißen Turnschuhe hatten was zu tun mit der unerträglichen Leichtigkeit des Seins. Die Vögel des Zufalls hatten sich quasi auf ihren Schultern niedergelassen, wie der alte Milan sagen würde.

»Du, ich muss gleich schon wieder weg. Bin da vorne am Tor mit 'ner Freundin verabredet.«

»Sollen wir uns vielleicht mal treffen?«, sagte er sehr schnell und sehr undeutlich.

Atembeschwerden. Er konnte jetzt ganz und gar nicht glauben, dass er das gerade gesagt hatte.

Einfach springen, ohne vorher darüber nachzudenken, zu springen, das war die Kunst.

»Okay, können wir. Vielleicht am Weiher, auf der Bank von letzter Woche? Am Donnerstag oder so?«

Sie lächelte ein Insider-Lächeln, und in diesem Moment waren sie alleine, denn die ganzen Menschen an diesem Fastsommer-Tag im Underground wussten nicht, was passiert war.

Puck fühlte sich gut. »Okay«, sagte er, »gegen drei? Da hab ich frei.«

»Gegen drei, okay. Dann mach's mal gut, Puck.« Sie küsste ihn auf die Wangen, und er kämpfte gegen sich, um sie nicht zu umarmen, sondern ihr den Kopf hinzuhalten und sie gehen zu lassen.

Sie verschwand, und er ging Mo hinterher.

Er gab ihm drei Beck's aus, und sie tanzten dann doch noch zu »Common People«, und den ganzen Abend und die ganze Nacht kriegte Puck das Grinsen nicht mehr weg.

Fast eine Woche später:

Puck beobachtete einen kleinen Jungen, der auf der Wiese saß und sich mit einer eckigen, zu weit ausholenden, weil noch nicht oft geübten Bewegung am Kopf kratzte. Er wuschelte zaghaft mit den Händen durchs Gras, sammelte kleine Stöckchen, legte sie auf einen Haufen, rupfte Grashalme und Gänseblümchen aus, legte sie dazu. Ein Blatt sah er sich lange an, ehe er es fallen ließ. Puck überlegte, warum der Junge es als unpassend für sein Bauvorhaben bewertet hatte.

Ein paar Leute auf diesem Planeten wunderten sich von Zeit zu Zeit darüber, dass sie scheinbar zufällig auf einem winzigen Staubkorn in der Unendlichkeit wohnten. Wer sich aber über das Staubkorn an sich wunderte, das in Relation zu Grashalmen und Ähnlichem ein unglaublich riesiger, atmender Planet war, das waren die Kleinen, die Neuen.

Die Zeit baute Fernsehschirme zwischen die Wirklichkeit und das Staunen, das war das Geheimnis. Puck hatte das Bedürfnis, zu dem kleinen Jungen hinzugehen und ihm etwas von seinem Staunen für den eigenen Bedarf wegzusaugen. Er wäre dann der Böse. So ähnlich wie die Grauen Herren in »Momo«.

Gerade als er versuchte, einen schwarz glänzenden Käfer mit neuen Augen zu sehen, kam Gwen.

Sie gingen am Wasser entlang. Nebeneinander, die Hände in den Taschen. Mal kam die Sonne raus, mal zogen Wolken über den Himmel, die Farben bekamen einen Graustich und wurden blass, und es wurde kühler. Die Wolken zogen sehr schnell, wie im Zeitraffer.

In ihrer ersten Nacht hatte Puck viel geredet. Um Gwen bei sich zu haben, um dieses Märchen, das durchscheinend war wie ein heller Gedanke, in seine eigene Geschichte einzubauen, hatte er verrückte Sachen draufloserzählt. Sie hatte ab und zu gelacht, eine Frage gestellt, etwas eingeworfen, und ansonsten war sie still und immer noch nicht wirklich bei ihm.

Jetzt war das anders; sie redeten miteinander, sie redeten unter anderem von Fernsehserien aus den Achtzigern und Gibson Les Pauls und Herrn Francisco de Goya, von London und ihren Großeltern, und beide wollten sie so viel sagen, dass sie sich Gedankenstichwörter machen mussten, während der andere redete.

Die Sonne glitzerte in Tropfen im Gefieder von Enten.

Sie gingen nun am Decksteiner Weiher spazieren, denn nach drei Runden um den Aachener Weiher war der ihnen zu klein geworden. Puck erzählte von seinen Fröschen, und sie erzählte von Froschexperimenten damals in Bio, daraufhin fiel ihm irgendwie der *hidden track* auf dem zweiten Ash-Album ein, wo Mark alles rauskotzt, was er in seinem Magen hat, und sie erzählte dann eine Kotzgeschichte von irgendeiner Party, und dann hatte er sich ein Gedankenstichwort zu viel gemerkt, und auf einmal waren alle seine Gedankenstichwörter weg, und sie sagte auch nichts mehr.

»Jetzt hab ich vergessen, was ich sagen wollte«, sagte er sehr schnell und sehr undeutlich.

Sie sahen sich still in die Augen, für die Dauer, die ein Fasan brauchte, vorbeizugehen. Fasane schreiten bedächtig.

Das Staunen. Er merkte, wie es kurz wiederkam; aber er konnte es nicht festhalten. Atembeschwerden. Sie lächelte mit Sonnenkringeln auf dem Gesicht. »Und was jetzt?«, fragte sie in die Parkstille, die ein Fasan hinter sich hergezogen hatte.

Sie standen weit auseinander. Ans Küssen war nicht zu denken.

Er zuckte die Schultern. »Weiß ich nicht.« Und sie gingen weiter.

Irgendwann waren die Wolken vorbeigezogen, und die Sonne fand zu ihrer alten Form zurück. Puck schwitzte in den Kniekehlen, und seinen Füßen wurde heiß. »Pack uns aus«, zischten sie nach oben, »sonst fangen wir an zu stinken. Aber richtig.« Er teilte dies Gwen mit, und sie schlug vor, ins Freibad zu gehen.

Vielleicht war sie gar kein Mädchen. Normalerweise zierten sich Mädchen immer, ins Freibad zu gehen. Vielleicht lag es aber auch daran, dass sie ihn nicht wirklich als Jungen ansah. Der Gedanke kam ihm jedoch erst später.

Sie nahmen die Eins Richtung Müngersdorfer Stadion. Es war ein warmer Nachmittag in einer großen Stadt mit bekanntem Nachtpanorama. Gerade war das unglaubliche »Free All Angels« veröffentlicht worden. Lämmer erstickten im Schlamm, Briten durften nicht ausreisen, das Genom des Menschen war vollständig entschlüsselt worden, Madonna zickte rum und hatte einen hässlichen Bizeps bekommen, Wheatus liefen furchtbarerweise im Radio rauf und runter, alle suchten einen Sommerhit, und Puck lebte parallel zu alldem und suchte das Staunen und hoffte auf Rocktage.

Das Mädchen neben ihm war der Schlüssel. Sie war groß, hatte lange, helle Jeansbeine, Placebo-Augen und trieb sich irrtümlicherweise auf der Erde rum, und sie konnte ihm helfen, dachte er.

Als sie ankamen, wunderten sie sich über so wenig Leute und Kinderlachen und Arschbombengeräusche; und dann fiel ihnen ein, dass es noch gar nicht richtig Sommer war, dass noch keine Ferien waren, dass sie irgendwie abseits der Zeit waren.

Der Platz, den sie sich aussuchten, lag im Halbschatten eines großen Baumes; da waren auch Disteln, aber wenn man aufpasste, konnte man sich genau dazwischen ins weiche Gras legen, ohne eine von ihnen zu berühren. Nach ein paar Minuten stand Gwen ohne ein Wort wieder auf und zog ihre Jeans aus. Ihr schwarzer kleiner Slip konnte auch als Bikinihose durchgehen, ohne Spitze oder so, aber Puck wusste ja, dass es keine war. Und er merkte selbst, wie er tellergroße Augen bekam und nicht mehr wegschauen konnte von ihren Beinen, die hellbraun waren, und ihren sonnenblonden Härchen an den Oberschenkeln. Sie legte sich wieder hin und schloss die Augen, und auch er schloss die Augen und versuchte, den Druck von seiner Brust wegzuatmen. Er dachte daran, dass er sich mal wieder neues Asthmaspray würde kaufen müssen.

Ein kühler Wind strich vorbei, und sie sagten für eine Weile nichts mehr.

Puck hörte dem Rauschen zu. Und dachte daran, dass er laut Mia Wallace einen besonderen Menschen getroffen haben musste; denn mit Gwen konnte man schweigen, ohne dass es peinlich wurde. Das hatte er schon in der Gewitternacht bemerkt.

Aber dann spürte er auch irgendwann, dass sie eingeschlafen sein musste; das berührte ihn.

Er wagte einen Blick zur Seite.

Sah die schöne Kuhle in ihrem Hals und ihre Lippen und das Sonnenschattenmuster, das der alte Baum auf ihr schlafendes Gesicht und ihre Beine malte.

Puck konnte es nicht ertragen, dass sie nicht immer so daliegen würde. Er dachte an die grüne Einwegkamera, die sich noch in den Tiefen seines Rucksacks befinden musste, und hielt sie wenig später – etwas lädiert – in der Hand. Er machte ein Foto von Gwen, hatte aber gleichzeitig schon ein schlechtes Gewissen; denn er wusste genau, dass er sich hinterher wieder über den Versuch ärgern würde, eine Sekunde auf Papier zu pressen und zweidimensional zu machen.

Später hatte er das Gefühl, dass sie jeden Moment die Augen aufschlagen und ihn ansehen könnte und dass er dann irgendwie ertappt wäre; also schloss er selbst die Augen, ruhte, an den Baum gelehnt.

Er wollte unbedingt wach bleiben, weil es wichtig und schön war, Gwen zu behüten, die halb in sich eingerollt neben ihm unter einem alten Baum lag, der schon vieles gesehen hatte.

Puck sah sie beide auf dem Overheadprojektor des Kunstraumes seiner alten Schule und Herrn Durkheimer, der kurz erklärt, dass dies ein impressionistisches Bild sei, um anschließend nach der Definition und den wichtigsten Vertretern des Impressionismus zu fragen und schließlich kurzatmig zur Erläuterung der Details überzugehen. Er schwärmt vor allem vom Mittagslicht im Blätterdach, das Hunderte Nuancen verschiedenen, lebendigen Grüns erzeugt. Herr Durkheimer, meistens »Dörk« genannt, steigt in das Bild; der Klassenraum ist nicht mehr da. Dörk knibbelt sich an der Nase, seine typischste Geste.

Er steht am glitzernden Wasser, und ein Hund bellt.

Dann wird der Nachmittag ganz watteweich.

So ist das, einschlafen.

Puck wurde davon wach, dass es kühl war.

Sein Mund stand offen, sein Nacken tat weh, und er hatte (o mein Gott, hoffentlich hat sie es nicht gemerkt) ein wenig gesabbert.

Er sah zu Gwen hinüber. Sie schlief noch. Gänsehaut auf ihren Armen und ihrem Bauch.

Puck wischte sich die Bahn eingetrockneter Spucke vom Gesicht und sah in den Himmel. Eine große Wolke nahm das Licht weg und vergröberte die Schatten zu diffusen, etwas dunkleren Stellen.

Er dachte daran, dass es von diesen riesigen Wasserstoffgebilden abhing, ob der Löwenzahn, der sich neben ihm durch das Gras arbeitete, seinen kleinen Schatten besaß oder nicht. Der Gedanke war ihm irgendwie vertraut, und dann fiel ihm ein, dass er ihn mit sechs oder sieben Jahren schon mal gedacht haben musste, wegen eines kleinen Löwenzahns, der zwischen zwei Platten auf der Terrasse seiner Fischstäbchen brutzelnden Oma gewachsen war. Und da musste er an Quench denken, dieses komische, chemisch-fruchtig schmeckende Pulver, das man in den mittleren Achtzigern, in denen die Sommer noch heiß waren, in Mineralwasser zu schütten pflegte.

»Gibt's Quench eigentlich noch?«, fragte er gedankenverloren in die Nachmittagsstille, und dann erschrak er, weil Gwen ja noch schlief und er sie vielleicht mit seinen Quench-Gedanken aufgeweckt hatte.

»Ich glaube nicht«, antwortete Gwen mit einer ganz wachen Stimme, »aber es gibt ja jetzt das Brauner-Bär-Revival … vielleicht kommt Quench auch irgendwann wieder.«

»Hast du … ich dachte, du hättest geschlafen.«

»Nein, nur geruht. Aber du, du hast geschlafen. Du hast geredet und gesabbert.«

Sie lächelte mit geschlossenen Augen.

»Und dann kam dieser Rottweiler und hat an dir geschnüffelt, und ich habe dich beschützt und ihn, so leise es ging, weggejagt.«

Sie blinzelte und hatte Sonne in ihren Wimpern, denn die Wolke war mit den Möwen, die fette Kopfhörer trugen, weitergezogen.

»Ach danke«, sagte Puck, und ihm war das ein bisschen peinlich, aber nicht so sehr, wie er gedacht hätte.

Später:

kletterten sie eine Metall-Leiter hoch und hatten Herzklopfen. Die Sprossen waren nass von Kinderfüßen. Sie kletterte vor, und sie hörte nicht auf, ehe sie ganz oben auf dem Zehner angekommen waren.

Sie gingen nach vorn. Ganz nach vorn. Und sahen auf ihre Zehen hinunter, die sich um den Rand des Sprungbretts krallten; seine ziemlich kurz an den Riesenfüßen, der Zeh neben dem großen Zeh größer als der große Zeh, ihre Zehen ziemlich lang, die Füße kleiner als seine, aber auch eher groß für ein Mädchen, die Nägel glitzernd von abgeblättertem Nagellack.

Wenn Puck nach unten sah, auf die blautiefe Fläche

des kleinen Springerbeckens, bewegte sich sein Magen, als würde er versuchen zu fliegen.

Die Bäume waren klein von hier oben und der Himmel nah.

Es ist ein großer Unterschied, ob man auf einem Sprungbrett ganz weit vorn steht, sodass man jeden Moment fallen könnte, statt absichtlich zu springen, oder ob man ein paar Schritte weiter hinten steht, um Anlauf zu nehmen und zu springen. Wenn man ganz weit vorn steht, dann will man springen. Wenn man weiter hinten steht, hat man vor zu springen; aber man kann auch wieder zurückgehen.

Es war fast still dort oben.

»Was hab ich eben eigentlich gesagt im Schlaf?«, fragte er.

»Ich weiß nicht … was von Fröschen und irgendwie auch von Bildern … es war undeutlich.«

Es tropfte Sonnentropfen aus ihren Haaren.

Sie nahm seine nasse Hand.

Herr Wheeler sang was davon, warum man nicht einfach aussteigen und immer barfuß gehen kann, warum Sommer zu Ende gehen. »Weil man sie zu Ende gehen lässt«, sagte Gwen, »weil man glaubt, dass sie zu Ende gehen müssen.«

Er hielt ihre Hand fester, und dann ließen sie sich einfach nach vorn fallen.

In allem Sein waren geheimnisvolle Parallelen und Kreise, und kaum jemand bemerkte sie, weil alle zu sehr damit beschäftigt waren, ihre eigene Wichtigkeit auszuloten.

Es waren spinnwebzarte und trotzdem ganz klare, für ewig festgeschriebene, leise Parallelen, spinnwebzarte, klare, ewige, leise Kreise:

von einem Zehner springen und lieben wie nie zuvor.

Fliegen und Nachdenken.

Kurz davor zu sein, ein Geheimnis zu erkennen.

Und kurz davor zu sein, in einem Mädchen zu kommen, das man liebt.

Sehnen und Staunen.

Staunen und Gitarren.

Gitarren und Sehnen.

Zu durchdringen war dies alles nie, man meinte es nur von Zeit zu Zeit zu fühlen, und wenn man versuchen wollte, darüber nachzudenken, verlor man das Gefühl, und Gedanken seien die Schatten der Empfindungen, sagte ein unglücklicher Philosoph.

Puck war einer der wenigen Leute, die manchmal darum kämpften, das Gefühl zu halten, es zu einem Gedanken zu machen, herauszufinden, worum es hier ging; leider war dies eine unmögliche Sache, und man begann innerlich zu zittern und zu schwitzen, als würde man eine ungeheuer dicke Tür einzudrücken versuchen, und irgendwann musste man aufgeben und hatte danach traurige, gequälte Augen.

Die folgenden Tage waren neue Tage.

Klar, sie waren auch Rocktage – aber in erster Linie waren sie neu.

Es war, wie den ganzen Tag lang immer wieder am

frühen Sommermorgen nach großartigem Sex aufwachen und Tautropfen auf Blättern vor Fenstern sehen. Oder so ähnlich. Oder gar nicht so. Die Welt hatte ihre Vergleiche verloren in jenen Tagen. Sie war ja neu.

Die beiden trafen sich von Zeit zu Zeit an verschiedenen Orten in der Stadt. Sie gingen nie ins Kino oder zusammen essen oder so – das hätte doch zu sehr nach Date und anschließendem Alibi-Rotwein ausgesehen. Zwei- oder dreimal trafen sie sich fast zufällig abends. Fast:

BIN HEUTE ABEND IM ROSE CLUB.
DU VIELLEICHT AUCH?
WÄR SCHÖN.

senden an: GWEN

Natürlich schenkte er ihr eines Tages ein selbst gemachtes Tape. Der Rosenstrauß ihrer Generation. Er hatte Tage in Bergen von CDs und anderen Tapes gesessen, jeden Text bis ins Kleinste ausgelotet, um es wunderbar, aber nicht zu bedeutungsschwer zu machen. Natürlich gelang dies nicht. Sie sagte, sie hätte noch nie ein Tape bekommen. Er beglückwünschte sich. Sie rief donnerstags an und sagte, sie würde nichts anderes hören.

Tage und Nächte voller Emocore-Minuten, die in Zeitlupe wiederholt wurden.

Einmal trafen sie sich mittags auf der Ehrenstraße, um ein bisschen zusammen durch alte Trainingsjacken und seltsame Kleider zu wühlen und sich deren Geschichten auszudenken, und dann fuhren sie mit der Bahn zu Kaufhof und kauften sich Nordseekrabben und aßen sie auf einer Bank.

Ein anderes Mal saßen sie zusammen in einem Biergarten. Es lief zufällig ein Fußballspiel auf Großleinwand. Ein Zweitligaverein gegen Bayern. Gwen sang leise »Ich würde nie zum FC Bayern München gehen«.

»Ja, is dat denn wahr?«, brüllte jemand neben ihnen. Die Underdogs schossen ein Tor. Und noch eins.

Sie gewannen. Gwen hatte ihnen die ganze Zeit die Daumen gehalten.

Und als die Fußballer sich die Trikots vom Körper rissen, als sie sich schreiend über den Rasen kugelten, wollte er sich zu Gwen umdrehen und etwas zu ihr sagen. Doch sie sah sich gerade um, als fürchtete sie, jemand würde in den Biergarten spazieren und sie erkennen und ansprechen. Er hatte das Gefühl, dass es ihr eigentlich unheimlich war, hier mit ihm zu sitzen, mit ihm, den sie ganz alleine kannte, und niemand von ihren Freunden hatte ihn je gesehen. Er drehte sich wieder um. Sie sah ihn von schräg hinten an.

Er war ein Junge, dem man in die Haare gehen durfte. Das war sehr wichtig. Jungen, die zurückzuckten, wenn man durch ihre gestylten Haare wuscheln wollte, war zu misstrauen. Sie würden niemals einfach so von einem Zehner springen.

Als sie später nebeneinanderher liefen, mit einem gewissen Abstand, war er in Gedanken. Er sehnte sich danach, so viel wie möglich über sie zu wissen. Wann sie duschte. (Abends oder morgens?) Was sie gerne aß. Was ihr erstes Lied gewesen war. Wie sie geheißen hätte, wenn sie ein Junge geworden wäre. Ob sie eine schwere Geburt gewesen war. Ihre Lieblingsfarbe. Ihren Lieblingsurlaubsort. Wie ihre Bettwäsche aussah.

Er überlegte, ob er jetzt einfach anfangen könnte, sie nach solchen Dingen zu fragen, als wäre er eins von diesen »Meine Schulfreunde«-Büchern. Oder ob er seine Fragen mühsam in Gespräche und Themenkreise einbinden musste.

Puck würde jedes kleinste Stück von Gwens Welt behalten und in seiner Seele einschließen, Erinnerungsblitzbilder in Formaldehyd.

Plötzlich merkte er, dass sie stutzte. Dass sie ihn komisch von der Seite ansah. Sie blieb stehen und er auch, fragend an einem lauten Abend vor einer Dönerbude am Friesenplatz. »Ich nehme die Bahn, glaub ich«, sagte sie kühl.

Sie kehrte um, erwischte eine Stufe der Rolltreppe und er die danach. »Was ... was ist'n plötzlich?«

Sie sah nach vorne. Und als sie unten angekommen waren: »Das ist doch wohl klar, oder?«

Ihre Bahn war schon da, sie lief, streckte die Hand nach der Tür aus. Er lief neben ihr her, sie sprang rein, und er entschied sich nur knapp dagegen, hinterherzuspringen. Wahrscheinlich, weil die Jungs in den Filmen auch immer stehen blieben und die Kamera ganz gerne zusah, wie sich Zug- oder U-Bahn-Türen zwischen Menschen schlossen.

»Sing dein komisches Lied doch alleine«, sagte sie. Und dann war sie weg.

Zurück blieb Puck mit dem Gefühl, eine Szene verpasst zu haben.

Langsam ging er nach Hause, dachte darüber nach, was sie gesagt hatte. Konnte sich rein gar nichts erklären. Und als er so nachdachte, störte ihn plötzlich das Lied, das seit Stunden durch seinen Kopf geisterte. Und da kapierte er. Etwa auf der Höhe von Herrn Hürdyies Kiosk kapierte er.

Manchmal sang er nämlich ganz unbewusst leise vor sich hin, wenn er in Gedanken war.

Etwas Heißes lief von seinem Kopf in seinen Bauch in seine Füße. Er ließ sich gegen das Gitter von Herrn Hürdyies Kiosk fallen, und es schepperte. Das Lied in seinem Kopf ging so:

Wir würden einfach lieb ficken … undsoweiterundsoweiter, ein ganz kindisches, schlechtes RheinrockhallenLied.

Er ging nach Hause, nahm eine Schlaftablette, zog sich die Decke über den Kopf und machte das Licht

Aus.

In der Nacht saß er mit einer alten, dicken Frau am Tisch. Im ganzen Raum war Dampf, wie in einer Dampfsauna. Sie aß etwas Bläulich-Glitschiges, das aussah wie Eingeweide. In dem Raum wurde es dunkler, als würde eine Zeitschaltuhr nach und nach das Licht dimmen. Er ekelte sich. Sie sah ihn an, ohne zu blinzeln und ohne mit dem Essen aufzuhören. Er bekam Angst. Sein Herz schlug wild, und seine Rippen taten weh, als er erwachte. Für einen winzigen, furchtbaren Moment dachte er, er wäre noch immer in der inzwischen ganz dunklen Dampfsauna. Nur langsam kapierte er, dass dies sein Zimmer war. Erst daraufhin nahm es im Dunkeln wieder vertraute Formen an.

Er hatte selten so tief geschlafen und so wirklich geträumt. Die Schlaftablette. Er hatte ja eine Schlaftablette genommen. Klar.

Schlaftablette. Dampfsauna. Lieb ficken.

Wieder lief in Nanosekundenschnelle etwas Heißes durch seinen Kopf, seine Brust, seine Beine, seine Füße. Er verbiss sich in die Bettdecke, er trat in die Bettdecke, riss mit den Händen an ihr herum und tat sich dabei selber an den Zähnen weh.

Ein Zuhörer hätte niemals vermutet, dass es bei jenen Geräuschen um Sich-Schämen und die Liebe in den Zeiten der Maul- und Klauenseuche ging.

Puck ging irgendwann dazu über, ganz still zu liegen und »Es gibt schlimmere Dinge wie zum Beispiel Krebs oder Autounfälle«-Mantras vor sich hin zu denken.

Er sah auf die Uhr, die grün sprach: Es ist 14 Uhr 35. Er sah zu, wie es 36, 37, 38, 39 und 41 wurde.

Einundvierzig?

Und schon wieder war es passiert. Aber diesmal hatte er aufgepasst. Jemand stahl ihm Zeit.

Der Tag verging mit Nicht-denken-Wollen und dann natürlich doch sehr viel denken, lesen auf dem Balkon unter regnerischem Himmel, nur um draußen zu sein. Er hatte alte »Visions«-, »jetzt«- und »Geo«-Ausgaben rausgekramt, um das schwarze Loch in sich zu füttern, aber natürlich wurde es davon nicht kleiner. Es schluckte die Materie, die er ihm zuführte, egal ob es um Kanarienvögel, Robbie Williams, Tarifa, schlafkranke Jugendliche, Jugendliche mit Tourette-Syndrom, Jugendliche in der Bronx, The (International) Noise Conspiracy, die Geschichte des Punk oder das Gehirn des Menschen ging, und er behielt nichts davon zurück. Mal davon abgesehen, dass er dies alles ja schon einmal gelesen hatte, in einer anderen Zeit, in einem anderen Leben.

Das Gefühl war ihm nicht fremd, aber er hatte es schon lange nicht mehr gehabt: Am liebsten würde er sich selber auffressen.

Abends stand Mo vor der Tür, unter beiden Armen Platten. Die Platten sahen aus, als gehörten sie zu ihm, wie Auswüchse an seinem Körper.

»Deine Nachbarin, die von ganz unten mein ich, die sieht ja echt gut aus«, sagte er zur Begrüßung. »Ich hab sie aus Versehen angerempelt, als ich zur Tür reingekommen bin, aber die … die hatte 'nen Bauch.«

»Ja«, sagte Puck, »die ist schwanger, Mo. Fischstäbchen?«

Mo setzte sich zu ihm in die Küche. Er betrachtete liebevoll seine Platten. Sie schwiegen eine Weile. Puck tat etwas Butter in die Pfanne, holte zwei Bier aus dem Kühlschrank.

»Also, wir müssen die jetzt nicht hören …« Mo sah ihn bittend an.

»Er ist kaputt, Mo. Dieser Plattenspieler ist seit bestimmt mehr als einem Jahr im Arsch. Genau wie dein eigener im Moment. Stimmt's? Du bist nur hier, weil du mal wieder vergessen hast, dass meiner kaputt ist. Übrigens auch, dass du ihn reparieren wolltest …« – die Fischstäbchen ploppten aus der Packung in die Pfanne, und Puck registrierte mal wieder das doofe Gesicht vom neuen schwulen Käpt'n Iglo, der den Opa-Käpt'n abgelöst hatte – »… und weil du deine Elektroscheiße bei mir hören wolltest. Du kommst immer nur vorbei, wenn du mir was verticken willst oder Elektroscheiße hören. Und ich muss dir immer wieder sagen, dass er kaputt ist und du ihn reparieren wolltest.«

»Es tut mir leid, Puck. Ich reparier ihn wirklich noch.«

Puck drehte sich um und sah, dass Mo traurig war. Mo war sehr blass, der blasseste Mensch, den er kannte. Er erinnerte ein wenig an das gruselige Bild vom Suppenkasper in einem seiner letzten Verweigerungsstadien. Dabei aß er sehr viel.

Sie klickten ihre Bierdosen aneinander und tranken, zwei Wesen, die eigentlich gar nichts voneinander wussten, die verbunden waren durch eine aus einer geschäftlichen Beziehung erwachsene, mehr zweckmäßige Halbfreundschaft.

Fast wie von selbst waren sie hierhergekommen, und jetzt waren sie hier, der eine versunken in dem Gefühl, sich selbst auffressen zu wollen, der andere aus Einsamkeit und Sorgen, die mit einem Afghanen zusammenhingen. Trotzdem machte sich allmählich eine seltsame Zufriedenheit in ihnen breit, als sie so zusammensaßen; irgendwie schienen sich die Probleme gegenseitig etwas zu entladen, ohne dass sie überhaupt zur Sprache kamen.

Mo ging ins Wohnzimmer und begann, dort in den CDs zu wühlen.

Es wurde laut in einer gewissen Zweizimmerwohnung in der Schillingstraße.

Die Abzugshaube röhrte, die Fischstäbchen brutzelten, und im Wohnzimmer kamen Green Day mal wieder vorbei, was Puck mit heimlicher Freude zur Kenntnis nahm.

Er nahm die Pfanne in die Hand und schubberte die Fischstäbchen hin und her. Das hatte eigentlich keinen Sinn, wie Lilli ihm einmal versichert hatte, aber er hatte dann eher das Gefühl, richtig zu kochen. Sie wurden goldbraun und flüsterten: No problema, amigo.

Er stutzte. Spanisch? Egal. Er würde Gwen anrufen. Würde alles aufklären. Einfach erzählen, wie das passiert war, was passiert war. Dass er manchmal nachdachte und dabei sang und dass sie ihm eben schon so vertraut war, und deshalb hatte er nicht so richtig auf sich aufgepasst, und überhaupt, was war denn so schlimm an dem Lied, mal davon abgesehen, dass es bereits von vierzehnjährigen hässlichen Gören, die hoffentlich noch nie Sex hatten, bei »Top of the Pops« gegrölt worden war? Gut, das war schlimm, das fiel ihm jetzt auch auf. Aber – nun ja – textlich gesehen? Er wollte *natürlich* mit ihr schlafen, bis hinauf in Zehner-sprungturmsphären wollte er sie lieben. Und das Wort war eben ein anderes Wort dafür. Ficken, sangen die Fischstäbchen; Ficken ist vollkommen in Ordnung. Mal davon abgesehen, dass alle Worte alle Dinge ein wenig töteten, nachzulesen bei toten Dichtern.

Man unterhielt sich über die schrecklichen Zeiten, in denen Fischstäbchen mal mit winzigen grauen Würmchen vollgestopft gewesen waren. Man konnte sich gut an die Tagesschau-Bilder erinnern, in denen reihen-weise Fischstäbchen durchgeschnitten wurden und die Würmer rausgewimmelt waren, und dann hatte Mama ein paar Wochen lang keine mehr gekauft, bis alle die Tagesschau-Bilder vergessen hatten.

»Sag mal, dieses Mädel, mit dem du manchmal rum-hängst …«

Puck sah auf. »Gwen?«

Mo nickte und fuhr mit der Zunge in seinem Mund rum.

»Hast du eigentlich was mit der?«

»Nein … nicht wirklich. Warum fragst du?«

Mo rülpste und entließ ein Geruchswölkchen halb verdauter Fischstäbchen.

»Dann ist ja gut. Die hat nämlich 'nen Freund. Aber das weißt du ja dann wahrscheinlich.«

»Ja. Klar weiß ich das«, sagte Puck.

Sie schwiegen. Es stank nach Mos Rülpsern.

Puck fühlte nicht besonders viel. Nicht angemessen.

Wenn man sich den Arm brach, fühlte man manchmal auch nicht besonders viel, je nachdem wie stark der Schock war.

Kurz sah er sich von außen; eine hohle Pappmaschee-Figur an einem Tisch, die ein Plastilin-Fischstäbchen auf eine Gabel gespießt hatte. Die Gabel war das einzig Echte an der Sache.

Parallel war Mo auf der Suche nach so etwas wie einem Dessert. Er durchwühlte erst den Kühlschrank, dann den Küchenschrank. »Löffelbiskuits«, sagte er andächtig.

Für die Qualität, die Art, die akute Bedeutsamkeit von Schweigen war er nicht besonders sensibel.

Das Päckchen musste schon sehr lange angebrochen gewesen sein. Wahrscheinlich war Puck schon mit dem angebrochenen Päckchen hier eingezogen.

»Löffelbiskuits. Löffelbiskuits. Es gibt so komische Wörter in der deutschen Sprache. Weißt du, wenn du so ein Wort total oft vor dich hinsagst, dann verliert es irgendwann seine Bedeutung, und du hörst nur noch den Klang. Löf-fel-bis-kuits. Kuits. Kwitz.«

»Atmen«, dachte Puck. Ein süßliches Übelkeitsgefühl kroch in seinem Hals herauf und hockte dumpf auf seiner Brust.

»Löffelbiskuits! Und dann kapierst du in Ansätzen, wie schräg diese Sprache für andere klingen muss. Löffelbiskuitslöffelbiskuitslöffelbiskuitslöffelbiskuitslöffelbiskuitslöffelbiskuitslöffelbiskuitslöffelbiskuitslöffelbiskuitslöffelbiskuitslöffllbbssskkllö-wlkslllllll…«

Puck ging aufs Klo.

In den folgenden Gummispülhandschuhtagen versuchte
er es mit einer Selbsttherapie:

Er wollte alles tun, was er in den Zeiten *vorher* – bevor Goethe begann, von Zeit zu Zeit nach ihm zu sehen, vor der Sache mit dem Job, vor Gwen – fast jeden
Tag getan hatte.

Es war Sonntagnachmittag. Puck stand vor dem heruntergelassenen Gitter von Herrn Hürdyies Kiosk.
Seit er nicht mehr bei der Zeitung arbeitete und es ihm
zu peinlich war, noch einmal in der Uni aufzutauchen,
wusste er nie, welcher Tag war. Seitdem waren alle Tage
wie Sonntage. Früher hatte er Sonntage gehasst. Sie waren still und langsam und machten ihn ungeduldig. Die
ganze Welt guckte Formel 1, die Mädchen hockten bei ihren Eltern in sonnigen Wintergärten und aßen Kuchen.
Katzen wurden gestreichelt, und Uhren tickten laut.

Bei Herrn Hürdyie konnte man an Sonntagen keine
Schinkenbaguettes und keine Weingummifrösche kaufen, denn er packte seine Familie in einen roten VW
Passat und fuhr Richtung Stadtwald in die skurrile Welt
der türkischen Grillnachmittage.

Puck ging weiter, die Stadt tat wie ein Dorf; schläfrig
und grün.

Bestürzt musste er feststellen, dass die anderen Skater
auf der Domplatte plötzlich alle jünger waren als er selber. Darunter zwei, drei vertraute Gesichter, die noch
grüßten, nicht mehr.

Er versuchte ein paar Sachen von früher.

Es klappte nicht mehr so richtig, aber doch besser, als
er gedacht hatte.

Aber die Zeit, in der es nur die Suche nach dem perfekten Hardflip gegeben hatte, außerdem Wodka, seine Freunde, mit denen man nicht reden konnte, die Mädchen mit grellrot ausgewaschenen Haaren und Glitzeraugen, Nachts-ins-Freibad-Einbrechen und leuchtende weiße Ärsche überall, bisschen Radiohead für die stilleren Tage und In-letzter-Minute-fürs-Abi-Lernen; diese Teenage-Kicks-Zeit war vorbei. Er fühlte sich, als hätte er mal einen Film drüber gesehen.

Die Freunde, mit denen man nicht reden konnte, hatten sich zerstreut: Neue Geschichten hatten begonnen. Einmal glaubte Puck, Niko den Bohrer gesehen zu haben; aber dieser übersah ihn und ging seiner Wege.

Dann kam die Zeit nach dem Abspann; man wartete darauf, dass die Hauptdarsteller noch mal kurz ein Lied sangen oder verpatzte Szenen gezeigt wurden. Doch es kam nichts.

Und ob er durch den Park streunte, sich neue alte Turnschuhe kaufte oder Weingummifrösche, ob er falsch rum crowdsurfte, nachdachte, auf dem Klo saß, sich auf einer Party mit ihm unbekannten Menschen besoff, Hesse las, tanzte oder von einem Betonklotz vor dem Römisch-Germanischen Museum auf den Rücken fiel, nicht mehr atmete, plötzlich taub war, Blut schluckte und den Himmel sah.

Gwen war nun in allem.

»Tu noch etwas Basilikum drauf, Schatz«, sagte Mama.

Die Küche roch etwas fremd, seit Herr Rösmann eingezogen war.

Die Einrichtung war zwar kaum verändert worden, selbst im Schrank herrschte die gleiche Topfordnung wie früher, aber trotzdem war die Küche eine andere als die, in der er vor eineinhalb Jahren noch fast jeden Tag gesessen hatte.

Herr Rösmann kochte komische Sachen.

Nicht dass er ihn mal dabei gesehen oder gar etwas probiert hätte. Herr Rösmann war generell nicht besonders oft zu sehen; er hinterließ nur fremde Rösmann-Gerüche. Und nicht nur wenn er kochte. Selbst im Schlafzimmer roch es nun beunruhigend nach Rösmann-Schlaf.

Wenn Herr Rösmann ein Pokémon wäre, stünde auf seiner Karte: gefürchtet wegen seines Geruchs, mit dem es zwar nicht offen kämpft, aber auf subtile Weise aus dem Untergrund heraus intrigiert und langsam Pucks Kinderwelt zersetzt.

Auch diesmal war Herr Rösmann natürlich nicht da. Es gab Penne all'arrabiata bei eingeschaltetem Licht um 19.21 Uhr, denn draußen grollte ein gelbliches Gewitter vor sich hin.

Puck aß schweigend, und Mama tickte mit ihren Fingernägeln auf die Tischplatte. »Tobias«, sagte sie, »Manfred und ich werden demnächst zusammen verreisen.«

Der Pappmaschee-Sohn, der ihr gegenübersaß, stand kurz auf und holte sich Parmesan aus dem Plastikkulissen-Kühlschrank. Dann begann er, ihn über die Nudeln zu reiben. Währenddessen überlegte er zum wiederholten Male, wie Gwens Freund aussehen könnte. Diesmal suchte er sich aus seiner kürzlich angelegten Phantombild-Kartei den durchtrainierten Surfer mit dem süßen neuseeländischen Akzent und dem Ozeanografie-Diplom aus. Einer, der immerzu von seiner besonderen Beziehung zum Meer sprach. Vielleicht wäre Gwen bei ihm sogar zweitrangig. Wie bei »Im Rausch der Tiefe«. Vielleicht würde ihr das gefallen.

Als er kurz aufsah, um sich den Orangensaft zu nehmen, bemerkte er, dass von ihm offensichtlich eine Reaktion auf irgendetwas erwartet wurde. »Tschuldigung«, sagte er mit belegter Stimme, »hast du was gesagt?«

Mama seufzte. »Ich weiß auch nicht, Tobias. Du bist so komisch in letzter Zeit. Hast du Probleme an der Uni? Mit dem Job? Wenn dir das zu viel wird … Wir finden schon einen Weg. Du musst nicht unbedingt nebenbei arbeiten.«

»Ach, Mama. Alles bestens. Bisschen Stress, aber ich krieg das schon hin.« Er piekste energischer, die Gabel quietschte kurz über den Tellerboden, und seine Mutter verzog den Mund. Dann erfand er eine Geschichte über Herrn Kiel, wie dieser ihn letzte Woche zur Sau gemacht hatte wegen eines Artikels, in dem Puck angeblich einen Fehler gemacht hatte, und dann hatte sich doch herausgestellt, dass Kiel selbst im Irrtum war, und er hatte sich bei ihm entschuldigen müssen.

»Also, der Job macht mir aber trotzdem immer noch Spaß«, schloss er.

»Gut, wenn das so ist – was ich eigentlich sagen

wollte: Manfred und ich wollen für eine Weile verreisen.«

»Ist doch schön.«

»Ja. Aber es wird eine etwas längere Reise werden.«

»Und?«

»Weißt du, Tobias, versetz dich mal in meine Lage. Als Jugendliche bin ich nie rausgekommen, meine Eltern hatten ja kein Geld … Da war nix mit Amerikaaustausch oder Frankreichurlaub. Dann habe ich ja schon früh deinen Vater geheiratet. Die Hochzeitsreise ging in den Schwarzwald. Dann kamst du, das bedeutete: in den ersten Jahren gar keinen Urlaub, später jedes Jahr Italien.«

Der Diplom-Ozeanograf hatte außerdem ein Tattoo über dem Arsch, irgendein kurzes hawaiianisches Wort, das »Leidenschaft« oder »Leben« bedeutete. Schon sehr viele lange Frauenfinger hatten darüber gestrichen.

»Als dein Vater uns dann verlassen hat, war ich alleine im Geschäft. Weißt du, ich bin nie rausgekommen. Jetzt würde ich gerne ein bisschen mehr von der Welt sehen, bevor es zu spät ist – ich meine, bevor mein Kreuz zu weh tut, als dass ich noch in ein Flugzeug steigen könnte.« Sie lachte laut.

Puck nahm den Wellenreiter und schob ihn weg, so gut es ging. Seine Mutter klang nur halbwegs überzeugt. Er hatte den Verdacht, dass Herr Rösmann ihr da was eingeredet hatte.

»Und ihr wollt jetzt eine richtige Weltreise machen, oder wie? Früher hast du immer gesagt, keine zehn Pferde kriegen dich aus Europa raus.«

»Tja, aber ich denke doch, dass man mal was von der Welt gesehen haben müsste, wenn man schon mal hier ist. Wir wollen die Pyramiden von Gizeh ansehen …«

»… und die Slums, die müsst ihr dann auch angucken, wenn ihr die Welt sehen wollt.«

»Ach, Tobias. Die Pyramiden von Gizeh, das Tadsch Mahal in Indien, Thailand, ein paar dieser winzigen Inseln. Es wird mir gefallen, wenn es nicht zu viele Tiere gibt. Sag mal, würde dir das was ausmachen? Es würde natürlich bedeuten, dass wir auch Weihnachten nicht da wären. Wahrscheinlich würden wir nächsten März zurückkommen.« Sie sah ihn erwartungsvoll an, und er meinte nun doch, dass ihre Augen ein bisschen glitzerten.

»Nein, natürlich nicht. Was soll ich denn auch sagen, wenn du dich wirklich schon so freust?«

»Ach, ich bin ziemlich aufgeregt. Das Geschäft übernimmt Irene, solange wir weg sind. Ja, und ihr wollte ich auch die Wohnung vermieten … weil sie ja doch immer ziemlich weit mit dem Bus muss. Es sei denn natürlich, du würdest hier einziehen wollen?«

Puck malte seit einiger Zeit mit dem Finger Muster in den Soßenrest. Normalerweise hätte seine Mutter dazu etwas gesagt. Aber sie hatte ein schlechtes Gewissen.

»Nö. Aber danke, dass ich alles als Letzter erfahre. Wenn mit Irene doch schon alles abgemacht ist.«

»Och, Tobias …« Draußen donnerte es, und das Gespräch wurde unterbrochen, weil seine Mutter durch die Wohnung hastete und alle Stecker rauszog.

»Es ist nur, weil ich weiß, dass du nicht so richtig mit

Manfred einverstanden bist«, sagte sie, als sie sich wieder setzte. »Und deswegen hatte ich irgendwie Angst, es dir zu sagen … da siehst du mal, wie ich darunter leide.« Sie sah ihn vorwurfsvoll an. »Und außerdem musste ich Irene zuerst fragen, weil der Plan ohne sie gar nicht erst zu verwirklichen gewesen wäre. Denn dass du keine Lust hast, dich ins Geschäft zu stellen oder eine Wohnung sauber zu halten, hast du ja oft genug bewiesen.«

Puck malte einen Blitz all'arrabiata. Jetzt hatte er Soße unter den Fingernägeln. Sie waren wohl etwas zu lang. Er betrachtete sie.

»Aber ich mache mir einfach ein wenig Sorgen um dich. Zum Beispiel …«

Sie redete nicht weiter. Puck fiel auf, dass es still war. »Ja?«

»Zum Beispiel mit der Waschmaschine … Denkst du auch wirklich daran, Irene ab und zu deine Sachen zu bringen? Oder in den Waschsalon zu gehen?«

»Klar. Spätestens, wenn ich keine Klamotten mehr hab.«

»Ja, weil ich dachte nur … also wenn ich ehrlich bin, dann riechst du ein bisschen seltsam.«

Das Gewitter grollte noch den ganzen Abend und die ganze Nacht. Es war etwas weiter entfernt, aber dort, wo es war, fällte und verbrannte es mehrere Bäume und tötete einen Mann, der am nächsten Tag auf einem fröhlichen Bild in der Zeitung erschien. Puck dachte daran, dass es hieß, jeder Mensch würde mal für ein paar Minuten seines Lebens berühmt sein. Und dass jeder hoffte, es nicht auf solche Weise zu sein. Er überlegte, ob er für den Fall seines Todes ein Foto bereitlegen sollte, auf dem er nicht vollkommen trottelig rüberkam.

Und siehe: Wenn einer die Hoffnung fast aufgegeben hat, piepst irgendwo sein Mobiltelefon. Und es geschehen Zeichen und Wunder, denn es ist tatsächlich eine SMS von ihr.

Die Zeichen sahen in Pucks Fall so aus:

HI, ALLES KLAR? WAS MACHST DU HEUTE, PU?

Er hatte ihr mal erzählt, dass sein Redaktionskürzel PU gewesen war, und sie hatte das für einen grandiosen Zufall gehalten – genauso hatte sie sich ausgedrückt –, denn ihre Lieblingskinderbücher waren früher die von Pu dem Bären gewesen, und ihre Mutter hatte sie Ferkel genannt, und Ferkel war Pus bester Freund.

ICH BIN AUF JULIAS PARTY, UND DANN …?

NOCH KEINE AHNUNG.

Kein Wort von jenem Abend. Kein Wort von ihrem Freund. Klar. Was hätte sie auch schreiben sollen?

Wenn sie schon die ganze Zeit über nichts gesagt hatte. Das Erstere war vorteilhaft für ihn und doch irgendwie seltsam und nicht richtig. Er wollte mit ihr darüber reden, sich rechtfertigen.

Und die andere Sache: Wo war dieser komische Freund, wenn sie nie etwas mit ihm unternahm? Woher wusste Mo überhaupt von ihm? Wenn Mo nun nicht recht hatte? Er übte sich darin, nicht gleich zurückzuschreiben.

Man ging aufs Klo, ließ das Licht aus, pieselte im Sitzen, machte das Radio an: »Yellow«.

Wegen der Sache mit Pu würde er gern ein Attentat auf den Disney-Konzern verüben. Sie hatten die schönen Tuschezeichnungen zu bunten und riesigen Figuren aufgepustet; Ferkel musste man jetzt nicht mehr suchen, weil es sich immer ganz klein und spitzohrig auf den Seiten versteckte, sondern man musste sich seiner erwehren, weil es riesig auf Schirmen, Mauspads und Schulranzen prangte und damit ein Riesengeld einfuhr. Bei A. A. Milne waren die Tiere niedlich und gleichzeitig weise, angeberisch, dumm, tollpatschig, egoistisch, depressiv und liebevoll; bei Disney waren sie nur niedlich.

Puck saß im Dunkeln auf dem Klo und stellte sich Folgendes vor:

Harry Rowohlt und er, bewaffnet mit Maschinengewehren, Rowohlt aus unerfindlichen Gründen Ruß in Bart und Gesicht, treiben die Disney-Führungsspitze vor sich her in eine vorher ausgehobene Heffalump-Fang-Grube.

Das Telefon klingelte. Ein dünner (aber nicht zu dünner), langer Junge, der in einer kleinen (aber nicht zu kleinen) Wohnung in relativer Nähe eines großen Flusses wohnte, watschelte mit der Hose um die Knöchel in den Flur.

»Tobias Puck?«

»Hi, hier ist Gwen.«

»Ach, hey …«

Atembeschwerden.

»Wie geht's dir?«

»Was machst du so?«, fragten sie gleichzeitig. Kurze Stille, ein kleines, nervöses Lachen, das sie möglicherweise unbewusst ebenfalls einem Film entlehnt hatten.

»Wie geht's dir?«, fragte sie noch einmal.

»Och, ganz gut.«

»Was hast du denn gerade gemacht?«

Er zog sich mit einer Hand die Hose über die Knie und versuchte, den Gürtel zuzukriegen.

»Ich hab was für die Uni gemacht. Und … und gekocht hab ich was, gleich kommen Freunde vorbei.« Ich hänge rum, mir ist kalt, ich bin einsam, arbeitslos, sitze im Dunkeln auf dem Klo und knibble mir vor Aufregung an den Fingernägeln, wenn ich an die Heffalump-Grube denke, die ich mit Harry Rowohlt ausheben könnte. Ich schwitze unter den Armen, weil ich mit dir rede; außerdem möchte ich dich gerne küssen und vergehe vor Wut auf den, der morgens deinen Nacken streichelt und seine Latte an dich drückt.

»Aha. Was gibt's denn?«

»Fisch… Fisch au maître Pück« – er krallte sich am Telefontischchen fest –, »also, so Zanderfilets mit Zitronen… Zitronensoße.«

»Zitronensoße? Das klingt großartig. Hätte nicht gedacht, dass du so was kannst. Kochst du das auch mal für mich?«

Er sah sich im Spiegel an. Fühlte sich etwas neben sich. Seltsamerweise musste er sich nicht dazu überwinden, plötzlich folgende Gegenfrage zu stellen: »Warum hast du mir nicht gesagt, dass du einen Freund hast?«

Das mit der tiefen, ruhigen Stimme hatte geklappt bis
»Freund«.

Kurze Stille.

»Du hast ja nicht gefragt.«

»O Mann …«

»Ich weiß nicht … Vielleicht, weil ich das Gefühl
hatte, dass die meisten Jungs sich erst gar nicht Mühe
geben, einen kennenzulernen, wenn sie das wissen.
Weil es sich dann für sie nicht lohnen würde oder so …
aber ich wollte dich doch so gern kennenlernen, einfach weil ich noch nie jemanden getroffen habe, der so
ist wie du … aber ich wollte doch nichts mit dir anfangen … können wir uns nicht treffen und darüber reden?«

Er wollte Nein sagen, stark sein, beleidigt sein, aber
er schaffte es nicht.

»Wenn du meinst.« Die Traurigkeit brannte in seinem
Hals, er bekam schlecht Luft. »Ich fänd's auch schön,
wenn du ihn kennenlernen würdest.«

»Danke, muss nicht sein.« Das war fast so böse rausgekommen, wie er es beabsichtigt hatte. Etwas erstickt
zwar. Aber doch ein bisschen gemein. Stille.

»Okay. Vielleicht jetzt? Treffen, mein ich?«

»Meinetwegen.«

»Ach … aber dein Fisch!«

»Ach, der Fisch. Ja.«

»Dann nächste Woche? Also, ab morgen bin ich erst
mal auf Exkursion, bis Montag.«

Er wusste, dass er nicht *mehr* viel würde sagen können. Die Tränen waren nah. Schon sah er verschwom-

men, kniff die Augen zusammen, atmete lauter, als er wollte. Warm liefen sie seine Wangen hinunter, eine nannte sich Alleinesein, eine andere Enttäuschtsein, eine dritte Alles-was-hätte-sein-Können; er ließ sie laufen, obwohl es kitzelte, denn eigentlich tat es gut, und er sah sich im Spiegel an und dachte kurz daran, dass er sich jetzt leidtun würde, wenn er sich in einem Film sehen würde. Er schluckte.

»Ja, mal seh'n. Dann telefonieren wir noch mal, ja? Tschö.«

»Puck?«

»Der Fisch.«

Er legte auf.

In einer Vollmondnacht:

Die komischen Frauen auf der Bank vor dem UFA lachten Puck aus, weil er noch nie Jägermeister getrunken hatte. Den führten sie in einem Flachmann in den Taschen ihrer seltsamen Polyestersakkos mit sich, welche wie Relikte aus den Achtzigern wirkten. Die Frauen taten ihm ein wenig leid, weil sie so laut lachten, weil sie schlecht sitzende Jessi-Jeans und Broschen trugen, weil sie fünfunddreißig waren und einen Studenten anbaggerten; weil er sie an einer anderen Stelle seines Lebens leise und böse kommentiert oder bestenfalls ignoriert hätte.

Nun aber saß er zwischen ihnen auf einer Bank am rotbuntregennass glitzernden Hohenzollernring, auf den es ihn irgendwie verschlagen hatte, und trank Jägermeister aus einer Flasche, vor der er sich ekelte. Es schmeckte nach weißen Pfeffernüssen, nach Weihnachten.

Später kam die Sehnsucht zu ihm. Sie schmerzte tief, tief in seinem Bauch. Goethe wandte sich ab, faltete die Hände auf dem Rücken und studierte die Kinoplakate.

And I dreamed we were dancing in the dark
Really slow
Die Sterne, sie waren nicht da, diesmal.

Das Vollmondlicht in Kooperation mit vereinzelten Neonschriften; es legte sich über die Stadt und enthob sie des Tages und seiner Normen; es legte mit weißem Handschuh ein Tuch über einen Zylinder und nahm das Tuch weg und zog ein ebenfalls weißes Kaninchen raus. Das Kaninchen nannte sich »Die Leute sind heute alle wieder so komisch« oder auch »Die fahren heute echt wie die gesengten Säue«, und nach und nach merkte jeder, dass wieder Vollmond war.

Puck erging es in dieser Nacht wie folgt:

Plötzlich stand er vor einer gewissen Dönerbude. Ohne die Frauen. Wo waren sie geblieben, hatte er sie sich eingebildet samt ihren Broschen, dem Gabriela-Sabatini-Parfum und dem Jägermeister? Nun, er war jetzt hier.

Auf Teatro-Höhe kamen ihm zwei nette Mädchen entgegen, und er hoffte für eine Videostill-Länge, irgendwann einmal zwischen ihnen auf einer Bank zu sitzen, und er hoffte auch, dass sie niemals Gabriela-Sabatini-Parfum benutzen würden. Die beiden hatten das weiße Kaninchen ebenfalls bemerkt.

»Also, wenn mir jetzt ein steppender Dackel entgegenkommen würde, würde ich sagen: Mann, lassen Sie mich doch in Ruhe«, sagte die eine genervt.

Schon waren sie vorbei, und auch an dieser Stelle fragte er sich, ob sie tatsächlich da gewesen waren.

Auf der Suche nach einem Ziel tigerte er schließlich die Ehrenstraße hinunter.

In nicht allzu großem Abstand folgte das weiße Kaninchen.

Im Schaufenster eines Buchladens hing ein Wallace-&-Gromit-Poster. Wallace auf einem Motorrad, Gromit mit fliegenden Ohren im Beiwagen, beide mit Fliegerbrille, drum herum flattern panische Hühner auf.

Irgendwo in dieser Stadt würde auch Lilli sein, vielleicht lief auch ihr das Kaninchen hinterher.

Und Jan und Konrad – sie waren bestimmt im Stadtgarten. Vielleicht waren sie alle da. Er konnte sich nicht erinnern, wann er das letzte Mal mit ihnen telefoniert hatte. Exfreundinnen, Exkommilitonen, Ex-Alles, Exwelt. Ex war ein furchtbares Wort, es hörte sich nach heruntergezogenen Mundwinkeln an. Er sagte es vor sich hin.

Konrad und Lilli hatten ihm irgendwann mal auf die Mailbox und den Anrufbeantworter gesprochen, der arrogant mit seinem Licht zu tappen pflegte. Das fiel ihm nun auf. Er überlegte, ob er zurückgerufen hatte. Anscheinend nicht. Wenn er genau darüber nachdachte, hatte er Lilli in der Nacht, in der die Fischstäbchen Einspruch erhoben hatten, in der die Sehnsucht wiederkam und er schließlich und endlich Gwen kennenlernte, das letzte Mal gesehen. Dann war er in so etwas wie einen wirren, schönen, dunklen Traum gefallen.

Dark and chaotic
Slow and hypnotic
She comes into my mind

Und gerade jetzt, als er besoffen war und vor einem Wallace-&-Gromit-Poster stand, wurde ihm klar, dass er etwas für immer verlieren würde, wenn er es jetzt nicht einholte.

Dafür musste er sich umdrehen. Umdrehen und langsam zurückgehen, Richtung Stadtgarten.

Gromit blinkte mit den Augen. Puck fiel ein, dass er nicht mehr in der Uni gewesen war. Konrad und Jan gehörten zu diesen Dingen, die er verdrängt hatte; ihre Blicke würden im Bauch pieksen, kleine spitze Prinzipientakel. Sie würden Fragen stellen, auf die er keine Antwort wusste.

Und. Trotzdem. Musste. Das. Jetzt. Sein. Er ging langsam, aber er ging – in die Richtung, aus der er hergekommen war.

In einem Moment der vollkommenen gedanklichen Klarheit wunderte er sich über diese sowie über die Tatsache, dass er parallel ziemlich unklar sah und auch nicht so richtig gerade gehen konnte.

Stadtgarten, später:

Etwas sehr Merkwürdiges und fast Beängstigendes ging vor sich, das war klar.

Puck schob sich Millimeter für Millimeter zwischen tanzenden Körpern hindurch – es roch nach Schweiß, und irgendwie geschah es, dass ihm unaufhörlich Dreadlocks ins Gesicht flogen –, dann ins Café, durch den Biergarten, zur Bar, zurück, wieder hin und her, kurzer Aufenthalt an einer Ecke, Halt an einer Zigarette.

Das Merkwürdige war: Nicht nur Jan und Konrad und Lilli waren nicht da; ihm begegnete hier einfach *kein* bekanntes Gesicht. Gebeamt in eine andere Stadt, in eine andere Zeit. Er konnte sich an Tage erinnern, an denen ihm dieser Club wie eine einzige große Privatparty vorgekommen war.

Nun aber: Alleinsein mit einer Zigarette. *The place to be* hatte sich – zumindest heute – vermutlich woanders lokalisiert. An einer anderen Stelle seines Lebens hätte er gewusst, wo.

Nun war er draußen.

Er bestellte sich einen Long Island Ice Tea, der ihm nicht schmeckte. Ihm fiel ein, dass er noch nie Long Island Ice Tea gemocht hatte.

Ein katzenäugiges Mädchen mit Pilzkopf und einem dieser asymmetrischen H&M-College-Tops sah durch ihn durch, als er sagte: »Mann, ich kenne hier heute gar keinen.« Vielleicht hatte er es zu leise gesagt. Er räusperte sich. Sie nahm zwei Kölschgläser in Empfang und ging. Ihm blieb nichts als ein resigniertes Alles-was-hätte-sein-können-Grinsen.

In dieser Nacht kam der Verdacht wieder.

Später, draußen, gegen Morgen:

Tobias Puck ging ein paar Schritte.

Die Kulisse schob sich vor ihm her.

Er blieb stehen.

Sie tat das Gleiche.

Er streckte den Finger aus, um sie zu berühren. Sein Arm war nicht lang genug. Er machte einen Schritt nach vorn. Die Kulisse blieb im gleichen Abstand. Er ging weiter, sie schob sich vor ihm her.

Er lief mit kleinen Aussetzern und Schwankern. Er rannte. Er konnte sie nicht erreichen, immer war sie ihm ein Stück voraus. Niemals würde er sie einholen.

Seitenstiche, er konnte nicht mehr atmen. Er schluckte, ihm war schlecht, sein Hals brannte, der Himmel drückte auf ihn runter, er keuchte, ging ein paar Schritte, kotzte dann, bis nur noch saure Flüssigkeit aus ihm rausgurgelte.

Später erinnerte er sich an eine Zeit, in der er sein Leben schon mal verdächtigt hatte. Damals hatte er bei seinem ersten Test in der U-Bahn gedacht, dass er selbst möglicherweise nicht da war; jetzt befürchtete er eher das Gegenteil, nämlich dass die Welt nicht echt war. Aber vielleicht lagen hier die Gegensätze gar nicht so weit auseinander, vielleicht waren sie eins.

In der U-Bahn fiel das mit der Kulisse immer besonders auf.

Deshalb musste hier auch die nächste Teststufe durchgeführt werden.

Es war sechs Uhr einundzwanzig.

Puck probierte, Löcher in die Kulisse zu bohren:

Ihm gegenüber saß eine kleine Frau, die aussah wie Oskar der Blechtrommler in der Verfilmung von Volker

75

Schlöndorff. Sie trug ein mit grünblauen Flecken bemaltes Seidentuch um den Hals, daraus sah sie aus großen weißen Augäpfeln hervor; aus dem Fenster, in die Schwärze des U-Bahn-Schachtes, und im Fenster sah ihr Spiegelbild aus großen weißen Augäpfeln zurück, ihre beiden Blicke trafen sich in der Leere.

»Guten Morgen«, sagte Puck.

Ihre Augäpfel fanden aus der Leere zu seinem Gesicht. Sie zog die Augenbrauen hoch. »Morgen«, sagte sie kurz, lachte oder hustete dann trocken, schüttelte den Kopf.

»Tja … was essen Sie denn gerne?«, fragte er. Diesmal schüttelte sie nur den Kopf und seufzte. Dann überließ sie ihre Augäpfel wieder der Leere.

»Nichts?«, fragte er, »Sie essen nichts?«

An der nächsten Haltestelle stieg Oskar aus.

»Und Sie?«, wandte Puck sich an einen älteren Herrn mit kariertem Schal.

»Sie sind ja betrunken«, sagte der.

Und Puck begriff, dass die Kulisse auch sprechen konnte und trotzdem nicht mehr als Kulisse war.

Er würde sie niemals einholen, durchbrechen und die Welt dahinter finden können, wenn er Gwen nicht bekam.

★

Eines Tages – im Fernsehen sprangen auf zwei Musiksendern in zwei verschiedenen Musikvideos von zwei verschiedenen Bands parallel Leute mit oder ohne Gitarre von Sprungtürmen ins Wasser – war es so weit: Nichts vorbereitet, nicht die Waffen gerichtet hatte Puck, als er ihm – dem Problem – begegnete.

Sie saßen vor dem Café Central. Er sah sie zuerst. Sie saßen halb im Schatten, halb in der Sonne.

Puck hörte sich selbst beim Schlucken zu, weil seine Ohren schon seit etwa zehn Uhr nichts mit der Außenwelt zu tun haben wollten; es war, als würde er ständig Berge rauf- und runterlaufen.

Sie blinzelte, es – das Problem – trug eine verspiegelte Sonnenbrille.

Gwen sah sich die Straßenleute an. Von rechts nach links fuhr ein großer Mensch mit roten Raspelhaaren in einem kleinen Smart, von links nach rechts – gegen die Einbahnstraße – fuhr ein Fahrrad-Mädchen mit Rastas unter einem Kopftuch, die vielleicht auf allen sieben Meeren nach jemandem gesucht hatte, den sie vor einem Jahr auf einer Party gefunden und verloren hatte. Von rechts nach links ging ein Hamburger Jung, der mit Sicherheit öfter ein »Alte Freier Pöseldorf«-T-Shirt trug und bei sich dachte, dass Köln nun doch nicht wirklich was zu bieten hatte, und von links nach rechts gingen zwei Punks mit je zwei Hunden, was recht ungewöhnlich war; vielleicht spielten sie für zwei Freunde, die mit einer Lebensmittelvergiftung im Krankenhaus lagen, den Hundesitter.

Und als alle vorbei waren, sah sie auf der anderen Straßenseite Tobias Puck stehen.

Er drehte sich um und ging in den Kiosk.

Zwei Minuten vergingen; der Milchschaum sank leise in sich zusammen, während sie überlegte, was zu tun war.

Stefan las laut aus dem Kinoprogramm in der »Prinz« vor. Ein Auto fuhr mit ganz runtergekurbelten Fenstern vorbei, und sie wunderte sich noch nicht mal darüber, dass es sich nicht mit Black Music und Gangsta-Zeugs auskotzte. Im Gegenteil: Jimmy Eat World saßen nämlich drin und spielten »Lucky Denver Mint«; an einem Sonnenmittag wie diesem funktionierte es nicht wirklich, aber die Leute, die dafür empfänglich waren, wussten über die Gänsehaut auf den Armen Bescheid, die es nachts bei ihnen bewirkte (besonders in Minute 2:12). Gwen sah wieder den Schaum an und aus wie vielen kleinen filigranen Teilchen er bestand, die gerade kaputtgingen.

Als sie aufblickte, war das Auto vorbeigefahren und hatte das Lied dagelassen.

Stefan legte seine Hand auf ihre. Ihr war etwas kühl. Und ihre Ohren waren ein bisschen zu. Sie zog ihre Hand weg und drückte mit den Zeigefingern rhythmisch drauf und hörte Stefans Stimme und die Straßen- und Cafégeräusche grotesk abgehackt, lautleiselautleise, »'N den WILL ich REIN, du AUCH?«, fragte Stefan; das Lied blieb unterdessen in einer konstanten Lautstärke.

Sie trank einen Schluck Milchkaffee.

»Dein Latte Macchiato wird kalt«, sagte Stefan, ohne aufzusehen.

Und immer noch war Puck da, in dem Kiosk, eine blaurote Jacke hinter einem Weingummi-Plexiglas-Regal, unbeweglich.

Sie suchte zwischen Fröschen mit weißem Schaumbauch und sauren Fritten eine Spur von seinem Gesicht, aber fand nichts – »Hier, der mit Anthony Hopkins, der ist bestimmt ganz gut«, sagte Stefan –, und sie sah auf das Stück seiner lang geliebten Trainingsjacke, Puck war wie ein verängstigtes oder wütendes Tier, das stocksteif dastand.

Sie wusste, dass es an ihr war, etwas zu tun oder nichts zu tun; jedenfalls eine Entscheidung zu treffen. Es war tröstlich, dass in diesen interaktiven »Sie entscheiden, wie es weitergeht«-Büchern oder -Filmen alle Möglichkeiten und Konsequenzen parallel existierten; doch in der Geschichte, die nun mit Puck, der sich an einem Latte-Macchiato-Samstagmittag in einem Kiosk verkrochen hatte, an einem solch schwierigen Punkt angekommen war, gab es – wie in allen Geschichten, die auf der Welt passierten – unzählige Möglichkeiten, unzählige Konsequenzen, und jedes Wort konnte ein anderes Ende herbeiführen, wenn es überhaupt so was wie ein Ende gab. Zusätzlich beeinflusste man mit jeder Entscheidung – oder auch nur mit jeder Sekunde, die man da war und atmete oder nicht – vielleicht hundert andere Geschichten, und sie konnte sich nicht sicher sein, ob sie nicht auf irgendeine Weise damit zu tun hatte, dass das Rastamädchen jemanden auf einer Party verloren hatte.

Das blaurote Stück bewegte sich noch immer nicht.

»Stefan? Ich hab da gerade jemanden gesehen, den ich kenne. Bin gleich wieder da.«

»Hm«, sagte Stefan.

Als sie reinkam, hatte er sich umgedreht, stand mit dem Rücken zum Weingummiregal vor den Zeitschriften und blätterte in der »Visions«.

»Hallo«, sagte sie ihm ins Ohr.

Er zuckte zusammen. »Oh, hey …«

»Hast du mich denn nicht da drüben sitzen sehen?«

»Da drüben?« – er drehte sich halb um und guckte durch das Plexiglas-Weingummi-Regal und die Fensterscheibe – »Nein.« Er sah wieder in das Heft. Sie guckte ihm über die Schulter.

»Jimmy Eat World … lustig, von denen habe ich gerade ein Lied im Kopf.«

»Ah ja? Blöd sind die.«

»Puck … warum denn?«

»Ich weiß nicht.« Hoffentlich merkte sie nichts von dem Kloß; er begann, ihm die Stimme wegzunehmen.

»Warum können wir nicht einfach normal miteinander reden?«

»Tun wir doch.«

»Nein. Man guckt sich an, wenn man miteinander redet. Vor allem, wenn man sich gerade zum ersten Mal nach einer längeren Zeit wieder sieht.«

»Ich kann nicht«, sagte Puck. Und drehte sich um. Sie sah den Mann hinter der Theke vor dem Plexiglas-Weingummi-Regal an. Er zog die Augenbrauen hoch.

Puck und der Fernseher links oben in der Ecke, Gwen

und sein Rücken, der Mann und die Straße durch das Fenster.

»Ach, Puck. Warum denn nicht?« Sie wollte ihn an der Schulter berühren und wusste nicht, ob das in Ordnung war. »Hallo«, sagte sie leise.

Er drehte sich um und klatschte die Zeitschrift gegen das Regal, sie fiel runter auf seine Füße. Er sah sie an, und Gwen erschreckte sich vor seinen Augen; rot, gequält und wütend waren sie.

»So gut? Jetzt hast du's gesehen. Tschö.« Aber er blieb stehen, als würde er in dem Kiosk wohnen.

»Warum bist du so …? Was hast du? Was mach ich falsch?«

»Gar nichts, gar nichts«, sagte Puck mit aufgerissenen Augen. »Du bist einfach *hier,* verstehst du? Das ist im Moment mein Problem.«

Er tappte mit dem Fuß auf den Boden und sah nach draußen.

»Soll ich gehen?«

»Nein. Wir werden ein normales Gespräch führen. Wie war deine Exkursion?« Er hatte die CD aus dem Heft gerissen und popelte hektisch am Klebstoff rum.

»Puck!«

»Ich will es wissen. Wie war sie? Hattet ihr schönes Wetter? Was habt ihr gesehen? Waren die Betten verfloht und durchgelegen?«

»Du guckst mich immer noch nicht an.«

»Habt ihr abends auf der Spanischen Treppe gesessen und jemand hatte eine Gitarre dabei?«

»Ja, und er konnte nur ›Wild Thing‹, ›Come As You

Are‹, ›A Hard Day's Night‹ und hundert evangelische Jugendgottesdienstlieder, wolltest du das hören?«

»Oh, das überrascht mich nicht … wild thang … dädädädä … you make my heart sang … you make everything … groovy …«, sang er, und dabei sah er ihr in die Augen.

Der Mann hinter der Theke sortierte unbehaglich in den Lollis herum.

»Wir haben auch viel Pasta gegessen. Ich kann keine mehr sehen.«

»Wie geht es deinem Freund?«

»Lass uns aufhören damit, hier rausgehen und woanders reden, ja?«, sagte Gwen leise.

»Aufhören womit? Ich will es wirklich wissen.«

»Sei nicht gemein. Und komm hier raus, bitte.«

»Nein!«

Der Mann nahm sich eine Zeitschrift und begann zu lesen.

»Wir bleiben hier«, flüsterte er, »denn wenn wir rausgehen, sind wir wieder *drinnen* … in einem Drinnen, das viel mehr drinnen ist als dieses Drinnen hier … denn das hier ist ein bisschen *draußen,* glaube ich, hoffe ich … wegen dir und mir, verstehst du?«

»Tut mir leid, nein.« Sie starrten sich an, ihre Placebo-Augen nah vor ihm, erklär es mir, sagten sie.

»Außerdem steht *er* da vor der Tür.«

»Du wirst ihn kennenlernen.«

»Tut mir leid, nein«, sagte Puck. Er sah an ihr vorbei aus dem Fenster, Sekunden tickten vorbei. »Ich glaube, er will was. Ich hatte ihn mir schöner vorgestellt.«

Gwen drehte sich um. Draußen zeigte Stefan auf seine Uhr. »Ladenschluss«, formten seine Lippen.

»Ich wusste nicht … Mann, ich dachte, er würde da sitzen bleiben«, sagte sie hastig.

»Ich gehe jetzt, okay?« Das langsam wie zu einem aggressiven Hund, aus dessen Zwinger man sich rückwärts entfernte. Sie kramte in ihrer Tasche, drückte ihm einen Zettel in die Hand, klein, zerkrümpelt. Er faltete ihn auseinander. Es war eine farbkopierte Postkarte, sie kam ihm bekannt vor – eine Kuh auf einer Wiese mit ihrer Nase nah vor der Kamera, daneben stand: »Die Festival-Saison ist eröffnet«, und Gwen hatte der Kuh noch eine Denkblase dazugemalt: »Und Gwen hat Geburtstag. 29. Juni, 21 Uhr«, daneben ihre Adresse.

»Ist er auch da?«

Sie sah ihn mit hochgezogenen Augenbrauen an.

»Na ja … schon klar.« Er strich sich die Haare aus dem Gesicht, er fühlte sich sicherer, sein Gesicht war heiß, aber die Tränen würden nicht wiederkommen, es war nach der Gefahr, und er hatte ihr getrotzt.

»Und? Kommst *du*?«

»Ich weiß nicht, ob das gut wäre.« Er beglückwünschte sich zu dieser Antwort; fast war er schon wieder auf Popcorndistanz, sah sich selbst auf einer Kinoleinwand und sagte Sätze aus fremden Filmen.

»Egal. Überleg's dir.«

Sie sah sich um, draußen telefonierte Stefan. Dann berührte sie kurz mit kühlen Fingern Pucks eine Wange und küsste ihn auf die andere, und er hörte seinen eigenen Atem von innen.

»Wir müssen noch mal reden, ja?«, sagte sie im Rausgehen, »ich rufe dich demnächst mal an.«

Er zog seine Mundwinkel hoch, sie hob die Hand zu
einem halben Winken und sagte Tschüss zu dem Mann,
dann drehte sie sich um, klappte ihre Sonnenbrille aus
den Haaren auf die Nase runter und ging durch die
Klingeltür raus auf den durchsonnten Samstagnachmit-
tagsasphalt.

»Tschüss«, sagte der Mann. »Ja, tu das«, sagte Puck
zu sich selber, bevor er sich zum Zeitschriftenregal umdrehte und die »Visions« aufhob. So blieb er stehen, bis
sie weg sein mussten.

Dann bezahlte er das Heft, fünfzehn Gummifrösche
und eine Lucky Strike und ging ebenfalls.

Als Puck an diesem Spätnachmittag – der Baum, der
sich betont lässig an seinen Balkon lehnte, warf seinen
Schatten schon bis zum Fahrradständer – im Sessel saß,
den Schmutzwäscheberg ansah, ganz allein eine Tüte
rauchte und Gummifrösche aß, fielen ihm seine richtigen Frösche ein. Er hatte heute Morgen vergessen, sie
zu füttern.

Als er nachsah, ging es ihnen – den Umständen ent-
sprechend – gut.

Sie saßen wie festgewachsen auf der Stelle, aber ihre
Kehlen pumpten, und ihre Augen bewegten sich. Genau genommen waren sie nicht anders als sonst. Sie waren nie die großen Hüpfer und Quaker gewesen. Er war
etwas traurig darüber. Auch, als er ihnen ein paar Fliegen ins Terrarium gab, entrollten sie zwar in einem Se-

kundenbruchteil ihre Zungen und schlurpten sie runter, verweilten aber nichtsdestotrotz in ihrer stoisch-gelassenen Froschlichkeit.

Wenn er das WAS-IST-WAS-Buch über Amphibien richtig gelesen hätte, statt sich nur die Bilder anzugucken, wäre Puck darüber informiert gewesen, dass dies bei Fröschen in Terrariumhaltung immer so war. Eine Art Depressivität.

Einige Stunden später versuchte er ein letztes Mal, die Sommernacht zu fühlen, durch sich durchgehen zu lassen und zu Worten transformiert wieder auszuspucken.

Ab und zu ein warmer Luftzug, Autogeräusche von weiter weg, ein Windlicht und kleine Mücken, die drum herum schwirrten, und zwei, die tot von innen am Glas klebten; Rotwein.

Die Stille in einer Sommernacht hört sich ganz anders an als die Stille in einer Winternacht. Die Stille, wenn man allein ist, hört sich ganz anders an als die Stille, wenn man zu zweit ist, hört sich ganz anders an als die Stille, wenn man zu mehreren ist (und beispielsweise auf einem winzigen Balkon zusammen was raucht, im Sommer oder im Winter).

Das Blatt blieb leer.

Und trotz dieser gewissen Friedlichkeit, in der Tobias Puck hier ungewöhnlicherweise mit sich selbst Stunde um Stunde saß – man hätte Bob Marley hören können, tat es aber nicht (wegen der Stille, nicht etwa wegen der Erinnerungen: weil es manchmal, wie jetzt, auch resi-

gnierte Wehmut ohne Schmerz gab, so eine Art groß-
väterliche Werthers-Echte-Wehmut, aber eher in die
Rock-'n'-Roll-Richtung; zumindest bildete man sich dieses Gefühl gerne ein, wenn man sich von außen so da
sitzen sah) –, beschäftigte sich ein kleiner Teil von ihm
mit Fantasien über eine große Axt, mit dem er *dem Problem den Kopf spalten könnte.*

Und mit jedem Atemzug huldigte er einem Mädchen mit schwarzen Augen in langen hellen Jeansbeinen, Tag und Nacht war sie Licht am Rande seines Bewusstseins. Auch wenn er vielleicht gerade mit
Nacktmolchen kämpfte, die die Gesichter von Promi-
nenten trugen.

Irgendwie war sie da.

HI GWEN, LUST AUF KINO?
»ALMOST FAMOUS«? PU

Keine Antwort.
Einen Tag später:

GUT, DANN EBEN NICHT …
DANN VIELLEICHT NUR MAL
KURZ IM PARK TREFFEN?
GESPRÄCH UNTER FREUNDEN
ÜBER MUSIK ODER HUNDERASSEN
ODER SO?

Der Juni kam in die Stadt.

In den folgenden Wochen ließ Puck sich dichte Stoppeln im Gesicht wachsen und war sich nicht im Klaren darüber, ob er die Leute wirklich immer weniger verstand oder ob er sich darin gefiel, die Leute immer weniger zu verstehen.

Eines Tages schrieb er auf einen Zettel:

»Dies ist eine Welt, in der man wie ein Perverser angeguckt wird, wenn man am Pizzasnackstand das einzige Stück mit einer Käseblase drauf verlangt. Mädchen, die wunderbar und rein scheinen und aus der Unendlichkeit winken, sind in Wirklichkeit emotionale Blutegel, die es genießen, wenn man sich nach ihnen verzehrt. Man sitzt in einem Kino oder in einem Terrarium, was so oder so das Gleiche ist; nur ist man zu klein, zu dumm, zu ängstlich, um zu kapieren, was Glas ist, oder zu erkennen, dass es hinter der Leinwand einen Raum gibt, aus dessen Seitenverkehrtheit wahrscheinlich eine Tür mit ›Exit‹-Schild drüber nach draußen führt, wo es eventuell hell und kalt ist.«

Im Prinzip waren diese Tage, in denen er sich wegen Gwen quälte, nicht die schlechtesten.

Es waren fast Rocktage, weil die Sehnsucht ein Ziel kannte und weil er um *das Problem* wusste, welches ihm im Weg stand.

Bald würden auch Ash in der Stadt sein.

Er zwang sich zu fiebrigen Träumen – Charlotte und er in einer dreckigen Backstagedusche –, aber diese wurden überholt von dem Gedanken, dass er eventuell mit Gwen auf das Konzert gehen könnte. Sie würden zu diesem Zeitpunkt längst ein Paar sein. Charlotte würde vergeblich versuchen, ihn zu verführen. Bei »Shining Light« würden sie sich küssen, er und Gwen, hin- und hergebeutelt von der ekstatischen Menge. Bald darauf würden sie heiraten, und bei ihrer Hochzeit würden Ash »Candy« performen. Stefan und Charlotte dürften Trauzeugen sein. Er wünschte sich, dass die Textilgestaltungslehrerin kommen und den Filzigel mit dem gestickten Penis mitbringen würde.

Wenn man sich von außen zusah, wie man allein trank, war man verdammt einsam. Er hatte das noch nie vorher getan. Es war gefährlich. Immer nah an der Sehnsucht vorbei, die einem die Brust und den Hals wegsprengen würde.

Er rief sie an. Sie ging nicht dran. Er sprach ihr auf die Mailbox, dass sie die Sache vielleicht falsch interpretiert hätte und er eigentlich nur mit ihr befreundet sein wollte, wirklich. Er erzählte, dass sie für ihn etwas Wichtiges sei, etwas Neues, das etwas Verlorenes wiederbrächte und gleichzeitig ganz anders, irgendwie, und ja ... ob sie den kleinen Prinzen kannte, scheiße, natürlich kannte sie ihn, es war wie in einem blöden Film, das jetzt zu sagen, aber ... der Fuchs. Sie müssten sich vertraut machen. Und ob sie wüsste, dass Ash bald in die Stadt kämen. Und er könnte jetzt auch noch mit der Unendlichkeit ankommen, aber egal. Meld dich mal. Tschö.

In den nächsten Tagen geschah es, dass Lilli anrief, seltsamerweise nicht sauer war – es schien ihm eher, als hätte sie aus unerfindlichen Gründen ein schlechtes Gewissen –, anschließend vorbeikam, ihm sagte, dass es stank und dass überall Spinnweben waren und sein Kühlschrank leer war, er einkaufen ging mit einem leeren Summen im Kopf, sie rumputzte, er wiederkam und sie zusammen auf dem Bett lagen und fernsahen und nicht viel redeten, als wäre kaum Zeit vergangen.

Sie sahen viele Stunden fern und aßen Nektarinen, und als sein leeres Summen so schlimm geworden war, dass es wehtat, schalteten sie den Fernseher aus.

»Man fühlt sich immer, als wäre man aus einer seltsamen Art Koma erwacht«, sagte er, »ganz leer und unnütz, und womöglich hat man noch verpasst, wie es draußen angefangen hat, zu regnen.«

»Mir geht es ganz anders«, sagte Lilli. »Wenn ich lange ferngesehen habe, hab ich plötzlich viele kleine Träume im Kopf, die ich schon wieder vergessen habe, wenn ich auf die Straße gehe. Es ist, als wäre alles möglich.«

Es war geschehen, dass sie ein ganz kleines Bäuchlein bekommen hatte und er drüberstreichelte und sie ihn wegschubste und ihn an sich zog und ihn küsste, dass er sie streichelte und sie stöhnte und sie plötzlich vögelten. Mitten in der Nacht wachten sie beide gleichzeitig auf und machten es noch mal, und als die Nacht langsam heller wurde, ging sie. Er tat Klopapier auf die Spermaflecken, und es klebte fest. Ansonsten war es, als wäre sie nie da gewesen.

So endeten Dinge.

Es war der 27. Juni und 14 Uhr 35, als Gwen anrief. Er war gerade aufgewacht und hatte auf die Uhr geguckt.

Dass Bildtelefone noch nicht besonders verbreitet sind, ist manchmal ganz gut, dachte er bei sich.

»Was ist«, fragte sie, »kommst du?«

»Ich weiß nicht«, sagte er und kratzte sich Schorf von seinem Knie, »wenn du willst, dass ich komme.«

»Sonst hätte ich dich ja nicht eingeladen.«

»Aber du hast dich nicht gemeldet, nachher. Und ich habe dir geschrieben.«

Kurze Stille.

»Du hast gesagt, du würdest dich melden, Gwen.«

»Hab ich das? Tut mir leid.«

Und plötzlich wurde ihm etwas klar. Etwas, das aus ihrem Atem in der kurzen Stille sprach. Sie liebte ihn. Gwen liebte ihn.

»Es war wirklich viel los in meinem Leben. Ich habe ein Praktikum in der Orangerie bekommen, für nächstes Jahr. *Die* Orangerie, Tobi. In Paris. Telefonate auf Französisch und so. Und außerdem waren es ja nur vier Wochen, in denen wir nichts voneinander gehört haben.«

Sie versuchte, sich von ihm fernzuhalten, weil sie dachte, es wäre besser für sie, ihn und Stefan. Für sie alle drei. Er musste sie retten.

»Okay, ist ja gut … ich komme.« Er würde ihr Zuhause sehen. Ihre Toilette benutzen.

»Schön. Weißt du, wo das ist?« Und sie beschrieb es ihm, obwohl er es natürlich schon längst wusste. Sie redeten noch über Sommergrippen, Festivals und alte

VW-Busse, die ein allgemein anerkanntes Sinnbild für die Freiheit geworden waren, und er fragte sich, ob sie seine Ansprache auf der Mailbox überhaupt gehört hatte; aber gerade als er auf das Thema eingehen wollte, sagte sie, dass sie nun auflegen müsse, weil sie schon mal Grissini und Tortelloni mit Spinat gefüllt und Chips und Dips und solche Sachen einkaufen wollte.

Während es anfing zu regnen, holte er sich einen runter. »You are always on my mind, you are always on my mind, you are always on my mind«, sangen Tim und Elvis dann, jeder auf seine Art, immer abwechselnd, da fühlte er sich nicht mehr allein.

Und schließlich kamen der Tag und die Stunde. Die Maul- und Klauenseuche war längst vergessen, als Puck den Fernseher abstellte, um so zu tun, als könnte er nun ganz locker zu irgendeiner Party gehen.

Man konnte ihn dabei beobachten, wie er sich nichtsdestotrotz mehrmals umzog.

Gwen begrüßte ihn mit leeren Küsschen auf die Wange und schob ihn zu ihrer Freundin hin, die es genauso machte. Er brauchte ziemlich lange, um sie mit seiner Einsilbigkeit zu den Tequila trinkenden Leuten zu jagen. Irgendwann fand er sich auf dem Klo wieder, hin- und herschwankend vor dem Spiegel. Er versuchte, seine Augen mit seinen Augen festzuhalten. Hinter ihm, an der geschlossenen Tür, hing an einem Handtuchhaken in Entenschnabelform ein türkisblaues Handtuch. Und davor, im Türrahmen, im Spiegel, lehnte Rivers Cuomo und sang »The World Has Turned And Left Me Here«.

Er war in der Mitte geteilt; der Spiegel hatte zwei Türen zum Aufklappen. Puck öffnete vorsichtig eine Seite: Zeichen eines Mysteriums. Die Sachen seines Mädchens. Kleine Tuben. Ohrenstäbchen. Weiße Cremepöttchen. So Nasenpickelpflaster. Shampoo. Binden. Kleine Pröbchen, Sachen für die Haare, Augen-Make-up-Entferner, Nagelfeilen. Er nahm alles in die Hand, jedes kleine seltsame intime Ding, betrachtete, beroch es, las, was draufstand. Öffnete eine Creme und roch gebadete Haut im Winter. In gewisser Weise war dies inniger, als mit einem Mädchen zu schlafen.

Schauer tröpfelten watteweich durch seinen Körper. Er hoffte, dass er alles wieder so hinlegte, wie es vorher gewesen war. Dann machte er in zitternder Erwartung die andere Seite auf und sehr schnell wieder zu: ein Becher, darin Zahnbürste, Rasierpinsel, Rasierer: kantig, metallisch, gespiegelt vom Spiegel im Spiegel. Puck starrte sich erneut im Spiegel an. Jemand klopfte an die Tür.

Später: Ein Mädchen mit einem kreisrunden Gesicht, das nach Nudelsalat roch, beugte sich zu ihm rüber und sagte: »Also, ich finde das blaue Album auch viel besser als alle anderen«, und um ihn rum waren viele lachende Gesichter im Lichterkettenbunt, und er überlegte, ob er womöglich Herrn Cuomo mit hergebracht hatte und sie so etwas wie »Buddy Holly« performt hatten, denn er schwitzte auch ein wenig. Er verließ die Gruppe und ging Gwen suchen.

Auf dem Balkon standen mehrere Jungs unter einem Marihuana-Konspirationsdach beisammen, und der eine erzählte, dass man sich Vanille unter die Zunge legen müsste, um es im ganzen Körper zu schmecken. Abseits hing ein weiterer Mensch über dem Geländer und kotzte lange braune Seile in die Nacht. Unten gingen in diesem Moment ein Dackel und eine Frau vorbei, die Frau wollte die Polizei holen, der Dackel sah mit glänzenden schwarzen Augen nach oben. »Jetzt schimpf nicht wie so'n Rohrdings«, sagte der Vanille-Mann.

Puck zog am Joint und fragte, ob jemand Gwen gesehen hätte. Sie verneinten.

Im Nachhinein würde Tobias Puck sagen, es seien Stunden vergangen, er sei durch Länder gereist auf der Suche nach ihr. Sie besaß eine Zweizimmerwohnung mit Flur, Küche, Bad.

Unterwegs begegnete er so interessanten Dingen wie lebendigen Klischees, zum Beispiel karohemdsärmeligen koksenden Jurastudenten, die sich am liebsten mit gepflegtem Vocal House umgaben, sich auf die Schultern klopften und »Ich bin dann mal« sagten. Sie lebten zu Hause von trockenem Brot, um Mädchen mit spitzen Schuhen mit synthetischen Drogen beeindrucken zu können. Puck glaubte beobachten zu können, dass dies oft nicht funktionierte: bei spitzen Schuhen nicht und bei Turnschuhen schon gar nicht, höchstens bei richtigen Nuttentretern.

Er fragte viele Leute, wo Gwen wäre, denn so hatte er wenigstens Gelegenheit, ihren Namen auszusprechen. In der Küche sagte ein Mädchen mit asymmetrischem H&M-Collegetop zu ihm:

»Komisch, ne, dass die meisten Partys sich immer in die Küche verlagern?«, und daran merkte er, dass sie noch ziemlich jung sein musste. Er wollte gerade etwas erwidern, als mehrere schlimme Dinge kurz hintereinander passierten: Jemand legte Xavier Naidoo auf, daraufhin ließ sich die große Plastiklampion-Lichterkette mit einem Protestmatsch halb in den Nudelsalat und halb in die Sangria fallen. Beides spritzte in Zeitlupe gegen die Wand, während bereits ein Mensch aus einer neu eingetroffenen karohemdsärmeligen Juristengruppe heraussprang, um irgendwas aufzufangen. Puck identifizierte ihn binnen zwei irritierten Nanosekunden (weil er keine Sonnenbrille trug) als *das Problem,* woraufhin die Eifersucht von seinen Haarspitzen zischelnd bis in seine großen Zehen kroch.

Das Problem tupfte mit Küchenrollenpapier an der Wand rum, während das Collegetop-Mädchen die trotzige Lichterkette hochhielt und nach Tesafilm rief. Puck ging derweil der Ursache des Zwischenfalls auf den Grund und legte andere Musik auf. Und plötzlich war sie da, neben ihm.

»Das wollte ich auch gerade tun«, sagte sie, Placebo-Augen mitten in einer Party, die beherrscht war von Tequilaglanz.

»Da bist du ja, hab dich schon gesucht ...«

Ich weiß nun, was du für Creme benutzt, und will

verdammtverdammtverdammt den Saum von deinem Höschen unter meinen Fingern spüren.

»Ich war nur gerade Stefan vom Bahnhof abholen. Er war bis heute in Hamburg.«

Und dann sah sie ihn so an, so kurz von der Seite. Er wusste ja, warum, und ihre schwarzen Augen malten Gänsehaut um seinen Bauchnabel und hoch über seine Arme.

»Ach so. Ich hatte mich schon gefragt, wo er …«

Und ein leises Atemholen am Anfang einer bedeutenden CD nahm ihm den Satz weg.

»Bin gleich wieder da«, sagte sie. Und verschwand unaufhaltbar, sah nach der Lichterkette, den Sangriaflecken an der Raufaser, nach dem Kotzenden auf dem Balkon. Puck lehnte mit Popcornblick im Türrahmen, ein Kölsch in der Hand, halb konnte er sich unauffällig im Garderobenspiegel betrachten – er sah schon ziemlich gut aus. Und er würde sie kriegen.

Zwei Mädchen auf der anderen Seite des Raumes unterhielten sich in diesem Moment darüber, aus was für einer rudimentären, urmännlichen Verhaltensweise sich diese seltsame Sache erklären ließ, die zum Beispiel der Typ da drüben gerade gedankenverloren zelebrierte: diese Jungs-typische Geste, die rechte Hand ausgestreckt auf die linke Brust zu legen. Manche kraulten sich anschließend da ein bisschen. Das Mädchen, das sich Kirschbier mitgebracht hatte, meinte, dass dies eine ursprüngliche Abwehrgebärde sein könnte, um das männliche Herz zu schützen, und heute wäre sie im übertragenen Sinne dazu da, sich Gefühle vom Hals zu halten.

Das Mädchen, das immer versuchte, wie Ally McBeal zu gucken, glaubte allerdings eher an eine Geste der Anerkennung, denn sie hatte dieses Verhalten schon oft bei Skatern beobachten können, wenn sie ihren Kollegen zusahen. Auf jeden Fall fanden sie es beide seltsam, dass der Typ, nun aus seiner heroischen Pose aufgetaut, sich an Gwens verschlossener Zimmertür zu schaffen machte.

»Tobi? Was machst du denn da?«

Neben ihm stand Elena, Gwens Freundin. Sie hatte einen dieser kleinen rot gefärbten Ponys und Sommersprossen auf den Armen. Ihm fiel ein, dass Gwen ihm an jenem glücklichen Rocktag am glitzernden Weiher erzählt hatte, dass sie eigentlich in der Zeit von ihrem sechsten bis zu ihrem fünfzehnten Lebensjahr pausenlos zusammen in der Badewanne gesessen hatten. »Gwen hat ihr Zimmer abgeschlossen, weil sie nicht will, dass jemand drin raucht oder reinkotzt oder so.«

Sie kannte seinen Namen. Das fiel ihm jetzt erst auf. Aber es war ja nur logisch. Mädchen erzählten sich immer alles. Sie hatten sich beraten wegen der tragischen Situation, in der sich Gwen nun befand.

»Ich wollte nur ein bisschen alleine sein … mir geht's nicht so gut.«

Er versuchte, die Stirn etwas zu zerfurchen.

»Musst du … ?« Sie zeigte mit einem ihrer langen weißen Finger auf die Badezimmertür und mit einem anderen auf ihren Hals. Ihre Finger waren sehr dünn und am Ende etwas dicker, sie sahen aus wie die von E.T. oder einem Lemuren.

»Nein, nein … nur Kopfschmerzen und irgendwie schwindlig. Ich bin etwas krank.«

»Möchtest du nicht lieber an die frische Luft? Ich komm mit.«

Sie legte ihm ihre Mausmakifinger auf den Arm, und Puck beschlich der Verdacht, dass manche Frauen nicht glücklich waren, wenn sie nicht irgendwem helfen, irgendwas regeln, organisieren oder beispielsweise Sangria von der Wand tupfen konnten.

»Nö, danke. Nur Ruhe und vielleicht etwas Dunkelheit, das wäre ganz gut.«

»Okay, ich frag Gwen nach dem Schlüssel.«

Sie drängte sich an karohemdsärmeligen Juristen vorbei in die Küche. Puck seufzte ganz allein für sich und versuchte, die Musik und Stefan zu ignorieren, der im Zimmer gegenüber stand und zugegeben dabei auf seine karohemdsärmelige Art nicht schlecht aussah. Zugegeben trug er auch ein T-Shirt. Tobias Puck hatte das Gefühl, dass in seinen Adern grünes Blut flösse, sobald er ihn sah:

wie er sich durch die Haare wuschelte, in Zeitlupe den Mund bewegte und die rechte Hand so arrogant auf die linke Brust legte. Das grüne Blut zischelte und köchelte, nahm ihm die Luft weg, ließ ihn zu einem kleinen grünen Monster schrumpfen. Fast im selben Moment aber verwandelte er sich schon wieder zurück, denn es geschah Folgendes: Aus der Küchentür trat nicht Elena, sondern Gwen, die sich auch noch umgezogen hatte; nun trug sie ein hellblaues Jimmy-Eat-World-T-Shirt und einen Zauberschlüssel in der Hand.

»Hab gehört, dir geht's nicht so gut?«, sprach sie.

»Ja. Nicht so richtig.« Er lächelte gequält.

Sie schloss auf. Es war dunkel. Es roch sehr nach ihr.

Sie ging vor und machte eine kleine rot beschirmte Lampe neben dem Bett an, das mindestens 1,80 mal 2,20 Meter maß. Er hatte tellergroße Augen.

»Setz dich«, sagte sie.

Er setzte sich, sie blieb vor ihm stehen. Das T-Shirt war ein bisschen eingelaufen, man konnte halb ihren Bauchnabel sehen.

»Und jetzt?«, fragte sie leise.

»Wie ... und jetzt?« Er hatte einen sehr trockenen Mund.

»Na, geht's besser? Soll ich dir ein Glas Wasser holen? Aspirin vielleicht?«

»Ach so. Nein, ist schon gut.«

»Okay, ich muss noch mal rüber. Du stellst ja hier wahrscheinlich nichts an, oder?« Sie lächelte.

»Nein. Gwen?«

»Ja?«

Sie war schon fast wieder draußen.

»Willst du nicht noch ein bisschen mit mir reden? Weißt du nicht mehr, wie schön das war, im Frühling?«

Seine Finger krallten sich in die Bettdecke.

»Ach Puck ... ich komm gleich noch mal wieder«, sagte sie, »ja?«

»Ja. Okay.«

Sie machte die Tür zu, die Party hatte eine Decke über sich gelegt.

Puck schloss kurz die Augen. Ihm war kalt. Dann

sah er sich um: Das Zimmer war knallblau gestrichen, davor helle Möbel, ein Weezer-Poster (das grüne), ein Ramones-Poster, ein Jimmy-Eat-World-Poster, Monets depressive Seerosen, so Plastikblumen, eine Holztigerente im Regal. Kunstdrucke und Tigerenten waren ein Übel. Janosch war ein bemerkenswerter, lustiger Mann, aber höchstwahrscheinlich verdammt dazu, eines Tages in einem Meer aus seinen eigenen grinsenden Holztigerenten zu ertrinken.

Das Zimmer gefiel Puck nicht besonders, aber es war in Ordnung.

Nun kamen die Details, die wirklich aufregenden Dinge. Er sah kurz zur Tür, dann nahm er die Bettdecke in die Hand und roch daran. Er fiel rückwärts auf die Matratze. Die Wäsche roch frisch gewaschen, aber auch nach ihr, nach der Creme, völlig jungfräulich. Seine Hand tastete sich darunter und erwischte ein Stück Stoff. Atemlos zog er es hervor und schmiss es gleich darauf wieder hin.

Eine Boxershorts, ziemlich groß, ausgeleiert. Nicht so ein Sexy-Mädchen-Ding, sondern eine mit Knöpfen vorn und ausgebeultem Stoff. Fast im gleichen Augenblick sah er ein Männerhemd seitlich am Schrank hängen. Seine Finger begannen sich bereits wieder grünlich zu verfärben. Das Problem hatte nicht das Recht, ihre Welt zu kontaminieren.

Er stand auf und ging durch das Zimmer. Auf ihrem Schreibtisch Unisachen, Hefte, Fotos: sie und Elena urlaubsbraun in Spaghetti-Tops auf einem Felsen, Flyer, Postkarten. Ein geheimes Land, das er unrechtmäßig durchschlich; eventuell konnte nicht nur Gwen jeden Augenblick reinkommen, sondern auch beispielsweise ein weißes Kaninchen mit einer Taschenuhr.

Eine leere Teetasse halb unter dem Bett und zwei Bücher: »Das Universum in der Nussschale« und »100 Milliarden Sonnen – Geburt, Leben und Tod der Sterne«.

Er las ein bisschen darin rum und war beeindruckt. Irgendwann würde Gwen mit ihm in einer Hängematte zwischen zwei grillenzirpenden Olivenbäumen in Italien liegen und ihm das Universum erklären, und sie würden sich klein vorkommen, aber es würde nicht kalt werden.

Die Tür öffnete sich.

Puck sah auf.

»Oh«, sagte das Problem.

Auf dem Bett seiner Freundin saß ein grünes Monster und baumelte mit den Beinen.

»Ach«, sagte Puck, »Stefan.«

»Ja. Und wer bist du noch mal?«

»Puck. Tobias Puck.« Dein Nachfolger. Ihr Retter. Dein Retter. Ihr Seelenzwilling.

Sie gaben sich die Hand.

»Und was machst du hier so allein?«

Stefan hatte einen großen Fettfleck auf der Brust. Als er den Schrank öffnete, um sich ein T-Shirt rauszuholen, konnte Puck sehen, dass er es aus einem ganzen Stapel von Männer-T-Shirts nahm.

»Mir ging's nicht so gut … und Gwen wollte gleich noch mal kommen und ein bisschen mit mir reden.«

»Ja? Sie tanzt da schon seit einer halben Stunde mit

ihren Freundinnen rum.« Draußen lief »Be My Baby«
von den Ronettes.

»Oje«, sagte Puck, um etwas zu sagen.

»Interessierst du dich dafür?« Er deutete auf das Buch
in Pucks Händen, der es sehr fest hielt, damit sein Blut
nicht so grün wurde.

»Ja. Irgendwie entdecken wir immer mehr Gemein-
samkeiten, Gwen und ich.«

Stefan setzte sich neben ihn.

»Das sind meine Bücher«, sagte er.

»Falls du es noch nicht gelesen hast: Das hier ist gut,
um sich unter einem ziemlich interessanten Blickwinkel
Grundlagenwissen und mehr anzueignen.« Er hielt das
»Universum in der Nussschale« hoch.

»Dann gibt es da noch so Fachzeitschriften …
warte …« Er guckte unter das Bett. »Na ja, find ich gerade nicht. Erst heute hab ich was über die neuen Ur-
knalltheorien gelesen. Hochinteressant. Schon was davon gehört?«

»Nein, ich … also ehrlich gesagt gucke ich einfach nur
gerne durch ein Teleskop und sehe mir diese unglaub-
lichen Dinge an. Und ich habe mir mal ein tolles ›Geo‹-
Heft gekauft, in der Titelstory ging es um die neuesten
Erkenntnisse über die Geburt von Planeten. Eigentlich
fasziniert mich auch eher die philosophische Seite.«

Stefan nickte.

Sie schwiegen für einen Moment, in dem Stefan begann, den Preis vom Buchrücken abzuknibbeln, und
Puck ihm zusah. »Studierst du denn so was?«, fragte er
dann.

»Astrophysik? Nein. Ich studiere BWL.« Er legte das Buch hin und setzte sich auf Gwens Schreibtischstuhl.

»Aber warum? Wenn das Universum doch deine Leidenschaft ist?«

Stefan lachte und schlug die Beine übereinander. »Na ja ... meine Leidenschaft ... mich interessiert es. Als Studium wäre es mir viel zu abgehoben, zu mathematisch gewesen. Ich wusste nicht, was ich wollte, aber mit BWL hat man ja bekanntlich ganz vielseitige Jobaussichten.«

Puck hasste das Wort »bekanntlich«.

»Und ein bisschen Geld ist ja auch nicht das Schlechteste. Nächsten Monat mache ich erst mal ein Praktikum bei Vodafone.«

Scheißkapitalist. Aber vielleicht war er dann ja weg.

»Ah, interessant ... Und wo?«

»Die sitzen in Düsseldorf. Ganz praktisch.« Nun ja.

»Und was ist dein Traum?«

Nun war er aber verdammt kühl und geradezu popcornüberlegen. Und hatte zusätzlich Zeit gewonnen, bevor die unvermeidliche Frage kam, was er denn so mache; womöglich kannte Stefan ja Exkommilitonen von ihm und würde später Dinge erfahren, die unangenehm sein könnten.

Stefan sah amüsiert aus. »Soll ich jetzt so was sagen wie ›eine Welt ohne Armut‹?«

»Wenn das dein Traum *ist?*«

»Eine Villa in Italien? Eine Weltumsegelung? Ein Zwölfer-Handicap?« Er grinste. »Und deiner?«

»Ich will ein Geheimnis finden«, sagte Puck, »vielleicht erfüllt er sich schon bald. Ein Zwölfer-Handicap?«

»Ja, oder was immer ich sagen muss, um in dein Feindbild zu passen.«

In diesem Moment kam Gwen.

»Ach, ihr habt euch schon kennengelernt?«

»Ja. Es war mir eine Ehre«, sagte Stefan und zog sein T-Shirt über den Kopf. Puck konnte sehen, dass er zwar einen ziemlich flachen, aber keinen Waschbrettbauch hatte. Dann zog er mit nacktem Oberkörper Gwen zu sich ran und küsste sie.

»Gehen wir tanzen?« Sie drückte sich an ihn, nun auch einen Schimmer Tequilaglanz in den dunklen Augen. »Wenn du dir was anziehst – vorerst, meine ich«, flüsterte sie.

Dann sah sie zu Puck rüber, lächelte schief und machte sich los. Gwen hatte das grüne Tier auf ihrem Bett nicht vergessen.

»Geht's besser?«

»Ja.«

Stefan zog sich das frische T-Shirt an, alle drei verließen den Raum, und Gwen schloss wieder ab.

Im Zimmer erlosch die Bühnenbeleuchtung. Auf diesem Schauplatz würde die Geschichte der Nacht nicht mehr spielen.

Eine Stunde später, die mit erneutem Saufen vergangen war, konnte man Tobias Puck allein auf dem Balkon stehen sehen. Die Nacht war, wie der Juni war: warm, dem Regen nah, mit Akazienblüten bedeckt.

Puck dachte ein Gedicht, das er nicht selbst im Kopf geschrieben hatte:

I sleep on a tar roof
Scream my songs into lazy floods of stars

Teerdächer rochen nach einer längst vergangenen Augustnacht, nach dem Atmen eines hübschen Zahnspangen-Mädchens. Daran musste er denken. Hier roch es nicht nach Teer. Es war Juni. Der Juni roch nach Bürgersteigen, die schmutzig gelbweiß waren von gefallenen Akazienblüten.

Die Partygäste – ein paar wenige, wie Elena oder das Nudelsalat-Mädchen, kamen zu ihm raus und verabschiedeten sich, indem sie ohne Ton den Mund bewegten – verschwanden im Zeitraffer.

Und wieder eine Stunde später verschwamm das Bild, und nun konnte man Gwen, Stefan und ihren letzten Gast, Tobias Puck, auf dem Balkon sitzen sehen – Stefan auf einem Gartenstuhl, Gwen auf seinem Schoß, Puck auf einem umgedrehten Bierkasten. Sie sahen alle drei in die Nacht hoch. Von Zeit zu Zeit bliesen Puck und Stefan Rauch vor die kalten, stillen Sterne.

»Ach, Tobi«, sagte Stefan irgendwann, »weißt du was? Jedes Eisenatom in unserem Körper war mal Teil des Innern einer riesigen Sonne, die noch vor Entstehung unseres Planetensystems existiert hat.«

»Das heißt, wir sind Sonnensplitter?«, fragte Puck.

»Ja. Sonnensplitter, Sternensplitter. Planetenstaub.«

»Es wäre schön, wenn man wieder ein Stern werden könnte, wenn man stirbt.«

»Wird man doch«, sagte Gwen.

Und sie schwiegen.

Als Puck seine Zigarette zu Ende geraucht hatte, wurde er unruhig.

Sein Blut. Es pochte und kribbelte, es war nicht richtig grün momentan, aber nervös. Und die Sehnsucht. Sie war wieder da. Eigentlich war sie natürlich immer da, aber nun war er sich ihrer völlig bewusst; er dachte daran, er dachte das Wort, er tockte mit den Fingerspitzen gegen die Kulisse.

Gwen fragte ihn etwas, er wusste nicht richtig was, antwortete einsilbig.

Er fing an, »If you don't, don't« zu singen, aber sie stimmten nicht ein.

Sie saß quer auf Stefans Schoß, auf dem linken Schenkel, lag in seinem Arm, ihre Beine auf Pucks Seite; sie war ihm zugewandt und trotzdem weiter von ihm weg als Stefan.

Puck versuchte ruhig zu atmen, die Luft war elektrisch von Mondbahnen, Hoffnung, Alkohol, Wut und dem Warten der Nacht auf Regen. Er stand auf und ging hin und her, drei Schritte zur Wand, vier Schritte zu Gwens Füßen, zwei Schritte zur Balkonbrüstung. Die beiden, verwachsen auf dem Küchenstuhl in einer mondgemalten Umarmung, redeten darüber, wer alles da gewesen war und wer nicht. Ihm kam der Verdacht, dass die Geschichte eigentlich anders hätte weitergehen sollen: Gwen und Stefan nun alleine mit einem Glas Rotwein, Tobias Puck grimmig, verzweifelt auf dem Nachhauseweg, alleine mit einer Flasche Hochprozentigem. Irgendjemand hatte wieder Scheiße gebaut. Er war ihnen entwischt, indem er gar nicht auf die Idee gekommen war, zu gehen. Diese Erkenntnis war dermaßen amüsant, dass er begann, vor sich hinzukichern.

Er wollte etwas zu Gwen sagen, versuchte in Gedanken, einen Satz zu formen, aber es war, als würde er im Winter mit steifen Fingern eine SMS tippen. Puck stand auf und trat an die Balkonbrüstung. Sie fragten ihn nicht, warum er lachte. War er überhaupt da?

Unten schimmerte die Straße in einem Mantel aus vertrockneten Akazienblüten, Kotze und künstlichem Licht.

Puck hörte auf zu lachen.

Der Mond, etwa zu einem Dreiviertel da, sah ihn an. Jetzt mach schon was, sagte er. Was würde jetzt Robert Stadlober in einem neuen deutschen Kinofilm tun?

Er setzte einen Fuß auf die Mittelverstrebung der Brüstung und stützte sich an der Wand ab. »Puck? Was machst du da?«, sagte Gwen, und er war schon oben, zog den zweiten Fuß nach, hob die Hände und legte sie an die Unterseite des Balkons über ihnen. Er stand. Die Brüstung war etwas schmaler, als seine Füße lang waren. »Tobi, komm da runter«, sagte Stefan, »du bist so was von besoffen.«

Er sah nicht nach unten und ignorierte den Mond, der rechts zwischen den Häusern stand. »Puck, hör auf!«, rief Gwen schrill. Er hörte, wie sie beide aufsprangen.

»Eigentlich würde ich ganz gerne springen«, sagte er leise.

»Hab ich ja noch nie gehört«, sagte Stefan fassungslos, »dass jemand von Alkohol Todessehnsucht kriegt.«

Sie griffen nach ihm, aber er drehte sich um und hüpfte zwischen ihnen zurück auf den Balkon.

»Es geht nicht darum, nicht mehr leben zu wollen«, sagte Puck, »es wäre nur eine Art Versuch. Eine weitere Option, wenn man so will.«

Stefan schüttelte nur den Kopf. »Ich geh mir mal eben 'ne Flasche Wasser holen«, sagte er. Gwen ließ sich in den Stuhl fallen. Puck setzte sich wieder auf seinen Bierkasten.

»Du spinnst«, flüsterte sie.

»Aber du bist beeindruckt, oder?«

»Ich bin eher entsetzt.« Dann musste sie grinsen.

Das Problem lehnte mit einer Flasche Wasser im Arm in der Tür. »Ich geh jetzt schlafen. Falls ihr noch sitzen bleiben wollt …«, sagte er und kam raus, um Puck die Hand zu geben. Er strich Gwen über die Wange. »Bist du nicht müde?«

Sie sah Puck an. »Willst du gehen?«

»Nein.«

Sie seufzte. »Okay, ich bleib noch ein halbes Stündchen hier. Geh schlafen. Wir reden noch ein bisschen.«

»Wenn du meinst … Pass auf, dass der da sicher nach Hause kommt.«

Er zwinkerte. Puck hasste es, wenn Leute zwinkerten.

Dann küssten sie sich – Puck sah den Mond an, und Stefan machte die Balkontür hinter sich zu.

Sie schwiegen so lange, wie der Mond brauchte, um etwa einen Zentimeter weiterzuwandern. In der Stille kam ein kühler Wind auf, und das halb heruntergebrannte Teelicht vor Pucks Füßen flackerte. Er schob es mit den Zehenspitzen hin und her, es kratzte leicht über die Fliesen.

Der Wind, er kam ihm bekannt vor.

Gwen rückte den Stuhl ein Stück vor, hob die Armlehnen an und stellte die Lehne zurück, fast waagerecht.

Dann ließ sie sich nach unten rutschen, bis sie bequem lag und auf seiner Höhe war, ihr Arm unter dem Kopf, das Gesicht ihm zugewandt, ihm nah.

»Erzähl«, sagte sie.

Aber er hatte alle Worte verloren, die er in den letzten Wochen des Frühlings akribisch zusammengetragen hatte, um sie irgendwann damit verprügeln, streicheln, in den Schlaf singen, quälen zu können. Seine Worte waren verschwunden, und es gab nichts außer ihren Placebo-Augen, ihrem Atem, dem Teelicht und dem Regen, der noch nicht gefallen war.

»Ich weiß mehr über dich, als du denkst. Wir könnten zusammen weggehen«, sagte er dann.

Sag mir irgendwelche von den Worten, die *du* dir aufgehoben hast.

»Erzähl mir was anderes.«

»Warum? Ich wollte dir was über uns erzählen.«

»Ich möchte aber nichts über uns hören. Wir sind hier, oder?«

Für einen winzigen Moment konnte er sich dabei beobachten, wie er anfing, sie zu hassen; und das war gut, denn es schien ihm der einzige Weg, sie aus der Unendlichkeit zu sich zu holen, wenn er schon nicht zu ihr kommen konnte.

Da nahm sie seine Hand, eine ganz kleine, einfache Berührung, und sein Blut wurde zu Sekt. »Ich bin so müde«, sagte sie und machte kurz die Augen zu und wieder auf, und nun sahen sie irgendwie nach The Verve aus, wirklich, obwohl diese Zeiten lange vorbei waren. Manchmal, an gewissen Nachmittagen, sah man in einem Sonnenstrahl im Wohnzimmer den Staub flimmern, und in jenem Moment hätte Puck schwören können, dass etwas Ähnliches mit der Luft passierte.

Die Kulisse war noch da, aber sie schien etwas näher, etwas transparenter zu sein; vielleicht war sie in dieser Nacht so was wie ein Spiegelbild auf einer Wasseroberfläche, das sich bewegt und zerfließt, wenn ein Tropfen reinfällt; man konnte das nie wissen.

»Erzähl mir eine Geschichte, die nicht heute spielt«, sagte sie, und er wusste nicht, ob er sie schlagen oder küssen sollte, denn die Kamera und die sarkastischen Menschen, die wie verrückt Klischeesätze sammelten, waren nun nicht weit.

»Ich war auf einer Schule, die in der Nähe vom Bahnhof liegt. Von den Bio-Sälen aus konnte man den Zügen nachsehen …« Er brach ab und kapierte, dass er früher anfangen musste. Mit seiner allerersten Erinnerung: »Eine Farbe. Sonnenrot. Sonne, die durch eine rote oder orangefarbene Markise scheint.«

Puck erzählte Gwen, wie sich die Stimme seines Vaters beim Geschichtenerzählen angehört hatte, wenn er mit einem Ohr auf seiner Brust lag, und deshalb schließlich landete er doch in einem fremden Märchen, und Gwen kuschelte sich in ihren Pulli und machte die Augen zu. Er erzählte die Sache mit dem Froschkönig, so gut er konnte: mit verschiedenen Stimmen, die vom König bärig und besoffen, die von der Prinzessin piepsig und schwul, die vom Frosch schleimig und knacksig. Als er Gwen zum Lachen brachte, wurde er immer mutiger und fühlte sich plötzlich verdammt gut. Und als der furiose Showdown vorbei war und sie sich gekriegt hatten, sagte er: »Hast du was gemerkt? Sie hat ihn nicht geküsst, wie immer alle denken, sondern zunächst gegen die Wand geschmissen. Und es hat geklappt.« Sie lächelte. Und atmete. Jetzt. Jetzt wäre der Moment, irgendwas zu tun, und sie würde Stefan rausschmeißen und ihn mit ins Bett nehmen, und sie würden sich die ganze Nacht lieben und im Morgengrauen den Vögeln beim Aufwachen zuhören und eine Tüte rauchen.

Sie löste sich aus seinem Blick und sah geradeaus ins Leere, beugte sich dann nach unten und nahm einen Schluck aus der Rotweinflasche; die Chance war verstrichen.

Puck lehnte sich zurück.

Ein paar Blocks weiter quietschten Bremsen wie in nächtlichen Filmszenen, und niemand außer dem Fahrerflüchtigen bekam mit, wie in dieser schicksalhaften Nacht Herrn Hürdyies Katze überfahren wurde.

»Ich muss mal«, sagte sie, im Aufstehen leicht taumelnd.

Als Puck allein war, trat er noch mal an die Balkonbrüstung, sah erst nach unten und dann nach oben; die Sterne waren nur noch vereinzelt zu sehen, der Großteil hinter Nachtregenwolken verschwunden. Es war vier Uhr dreiundvierzig.

Tobias Puck befand sich auf einem Balkon in einer Stadt mit bekanntem Nachtpanorama in einem kleinen Land auf einem mittelgroßen Kontinent auf einem kleinen Planeten in einem Sonnensystem in einer Galaxie in einem Universum, das sich nach dem derzeitigen Stand der Forschung immer weiter ausdehnte, mitten in etwas Unglaubliches hinein, das allem Anschein nach nichts war. Er hätte in diesem Moment gerne etwas Erstaunen verspürt. Aber die Kulisse war nach wie vor dazwischen; und alles, was in seinem benebelten Kopf Platz hatte, war eine auf Repeat gestellte Liedzeile und die vage Gewissheit, dass nur das Mädchen, das gleich wiederkommen würde, ihm weiterhelfen konnte. Und er fasste den Entschluss, ihr die Sache zu erklären, so gut es ging – ob sie wollte oder nicht. Auch um ihretwillen sollte dies geschehen; sie musste sich eingestehen, dass sie ihn liebte, und endlich aus dieser Dreieckssache herausfinden.

Als Gwen in Schlafanzughose und Pulli wiederkam, stand Puck mit dem Rücken zur Balkonbrüstung und sah ihr in die Augen, und sie wusste, dass sich in den letzten zwei Minuten etwas verändert hatte. Sie sah weg und hockte sich hin, um das Teelicht wieder anzuzünden, welches von einem leichten Windzug, der die Ahnung eines Sommerregens mit sich brachte, gelöscht worden war. Dann setzte sie sich wieder auf den Gartenstuhl, und er zog seinen Bierkasten vor sie. »Ich werde dir jetzt doch was von mir erzählen. Und du hörst einfach zu«, sagte er.

Und er erzählte von Rocktagen und Gummispülhandschuhtagen, versuchte Worte zu erfinden, obwohl
er die Fähigkeit eigentlich verloren hatte, benutzte
fremde Worte über das Licht und die Unendlichkeit
und versuchte ihr zu erklären, was in den letzten Monaten mit ihm passiert war und dass er sich noch nicht
darüber im Klaren war, ob Musik eine Möglichkeit sein
konnte oder ob sie der Sache eher schadete. Weil die
Welt noch weiter wegrückte, wenn man mit Kopf-
hörern durch sie durchging und versuchte, sich künst-
lich ein fünftes Element zu schaffen. Er erzählte von
dem Schmerz und der Sehnsucht, die auf geheimnisvolle Weise mit diesen Dingen zusammenhingen; er
gestand ihr, dass er seinen Job verloren hatte, nicht
mehr zur Uni ging und die Zeit für ihn zur Qual geworden war, seit er die Kulisse bemerkt hatte. Irgendwann unterbrach sie ihn kurz:

»Ich dachte bisher, du würdest einfach eine beängsti-
gende Leidenschaft für alles, was du anfasst, entwickeln.
Aber vielleicht ist es eher so, dass du … ich meine, es
schließt sich ja nicht aus, aber ich glaube, du leidest unter Depressionen. Dein Leben kann doch nicht so weitergehen.«

»Nein, nein, du verstehst nicht.« Er wischte weg, was
sie gerade gesagt hatte. Das Atmen fiel ihm plötzlich
schwer. »Es ist etwas völlig anderes. Und ich weiß die
Lösung, glaube ich. Sie ist ganz nahe …«

Er schwieg, sie sahen sich an, und Gwen schüttelte
ganz leicht den Kopf, eine winzige Bewegung, die nur
in der Zeitlupe zu sehen war, und später konnte er nicht

sagen, ob er sie sich vielleicht eingebildet hatte. »Ich glaube, gleich kommt der Regen«, sagte sie.

Als Erstes hörten sie einen Donner in der Ferne. »You're so fucking special«, sang er leise, bevor ihm die Stimme wegblieb. Gwen legte ihr Gesicht in ihre Hände, über die sie den Pulli gezogen hatte.

Als die ersten Tropfen auf das Plastikdach trommelten, stand sie auf.

»Entschuldige, ich muss die Sachen mal rausholen«, sagte sie mit einer seltsam durchsichtigen Stimme.

»Welche Sachen?«, fragte er, als sie in ihrem Zimmer verschwunden war. Der Regen war ruhig und leicht, er wusch die Stadt frei von Junistaub. Der Donner war der einzige geblieben. Es wurde kühl.

Gwen kam wieder mit den Klamotten über dem Arm, die sie auf der Party angehabt hatte. Sie hängte sie über die Stuhllehne, und er wusste, dass sich etwas verändert hatte, denn sie blieb stehen.

»Ich kann nicht mehr, Puck«, sagte sie. »Es ist halb sechs, dahinten wird es schon hell.«

Er sah sich um; es stimmte, die Nacht war vorbei.

»Lass uns morgen noch mal telefonieren und weiterreden«, sagte sie, und irgendwas in ihm krampfte sich schmerzhaft zusammen; es musste wohl sein Herz sein, das ehrlicher war als sein Kopf und sich daran erinnerte, dass er so was in der Art selber schon zu vielen Mädchen gesagt hatte.

»Okay«, antwortete er tonlos.

»Okay«, sagte sie. Sie ging rein, in den Flur, und sah sich nach ihm um. Da folgte er ihr. Nun war Gwens wirklicher Geburtstag angebrochen; vielleicht war sie mit beispielsweise sechs Jahren um diese Zeit schon wach gewesen und hatte ihre Eltern genervt. Nun würde sie sich an Stefan kuscheln und ihn auf die Seite drehen, sobald er schnarchte.

»Aber dein Geschenk. Ich muss dir doch noch dein Geschenk geben.«

Sie lächelte müde.

»Ach ja, da bin ich gespannt.«

Er kramte in seinem Rucksack, länger als nötig, versuchte dabei, seine Stimme wiederzugewinnen und seine Augen klar werden zu lassen. Das Ticket war in einem Umschlag mit einem Brief, welchen er schnell rausnahm und in der Tiefe zwischen Pulli, Jacke, Tapes, Kinokarten und angebrochenen Katjes-Packungen verschwinden ließ.

Er hielt es ihr hin, und ihre Augen wurden plötzlich wieder dunkel und wach. »Ash«, flüsterte sie, »danke.« Sie umarmte ihn, hielt ihn für einen Augenblick fest und küsste ihn leicht und lange auf die Wange; er hörte seinen eigenen Atem von innen und konnte nichts sagen.

Dann ließ sie ihn los, sah noch mal auf die Karte: »My Vitriol als Support? Kenn ich gar nicht.«

»Die sind ganz gut. Ganz gut.« Er setzte seinen Rucksack auf, fummelte an den Trägern, steckte die Hände in die Taschen. »Also dann …«

Gwen machte ihm die Tür auf. »Ja dann … bis nächste Woche im Underground. Ich freu mich.«

»Gwen …«

»Ja?« Sie schien ihm fremd, wie sie da stand.

»Nichts. War schön. Rufst du mich an?« Sie nickte nur.
»Tschö, Tobi. Komm gut nach Hause. Und danke noch mal.«

Fickt euch doch, ihr liebenden Menschen.

Er fiel in das Treppenhaus wie in einen dunklen Traum oder in einen Wal, konnte den Lichtschalter nicht finden, kam schließlich irgendwie unten an. I'm a creep, I'm a weirdo. Draußen liefen ihm der Regen und das fahle Morgenlicht über das Gesicht und führten ihn an Marionettenfäden nach Hause.

Frösche können relativ lange ohne Futter überleben. Es kommt darauf an, wie es mit ihrer gesamten physischen Konstitution aussieht, wie gut sie vor der Hungerphase ernährt worden sind.

Für den schwächsten, kleinsten von ihnen waren siebenundvierzig Stunden definitiv zu lang.

Als Tobias Puck aus dem Schlaf der Verzweifelten erwachte – am frühen Abend des dreißigsten Juni fiel sein Blick mit dem Gedanken, dass es egal war, ob man starb, erst auf die Uhr und dann auf das Terrarium. Im Aufstehen merkte er, dass irgendwas nicht stimmte. Mit zusammengekniffenen Augen und stinkenden Haaren näherte er sich langsam der Glasscheibe. Der Kleine war noch etwas kleiner geworden; er saß zwar in ganz normaler Froschstellung da, glänzte aber nicht mehr, und seine Augen waren vertrocknet. Die anderen befanden sich in den Ecken des Terrariums, so weit wie möglich von der Leiche entfernt, ihre Kehlköpfe pumpten hektisch.

Puck schluckte, hob leise den Deckel ab, die Frösche bewegten sich, hüpften ein-, zweimal. Der Verhungerte blieb stumm sitzen, er wusste schon nicht mehr, dass er mal gelebt hatte, ähnlich wie der schuldige Mensch in seinem fast zwölfstündigen Schlaf.

Puck nahm ihn vorsichtig in die Hand, er war ganz leicht und fühlte sich an wie ein Physalisblatt, das zerbröseln würde, wenn man nicht aufpasste.

Bevor er das Klo öffnete, um ihn wegzuspülen, hob er ihn auf Gesichtshöhe und sah ihm in die starren, eingesunkenen Augen. »Es tut mir so leid«, sagte er.

Wenig später konnte Herr Hürdyie beobachten, wie der junge Mann, mit dem er sich öfter über Fußball unterhielt, in schrecklicher Verfassung an seinem Laden vorbeirannte – die Augen klein und rot, in einem dreckigen T-Shirt und Badelatschen. Er beugte sich über die Chuba-Chups-Bonbonniere, sah ihm nach, bis er um die Ecke verschwunden war, und bedauerte, dass er offensichtlich nicht mit ihm über das letzte Champions-League-Spiel würde reden können.

Als Puck in der Zoohandlung gewesen war und die überlebenden Frösche gefüttert hatte, fühlte er sich bereits besser.

In den nächsten Tagen lüftete er, staubsaugte (oder saugte Staub) und schleppte sogar nach und nach den Wäscheberg in den Waschsalon. Als er Minute um Minute zusah, wie sich die hypnotische Trommel drehte, wurde ihm ganz warm und schläfrig, und Blitzbilder von einem gewissen Konzert, das in der Zukunft lag, ließen erneut Hoffnungslöwenzahnblätter ihren Weg durch den Beton seiner sich breit machenden Resignation finden. Was gar nicht gut war, wie er wusste, und obendrein eine beschissene Metapher.

Zum ersten Mal seit fast zwei Wochen hatte er sein Handy wieder angestellt und aufgeladen, und es erstaunte ihn, dass doch immerhin drei Leute an ihn gedacht hatten, eine Person davon sogar vier Mal.

Diese Person war seine Mutter. »Ja, hier *noch mal* Mama«, lautete die neueste Nachricht. »Ich kann einfach nicht verstehen, dass du dich nicht meldest. Was ist los mit dir? Ich mache mir Sorgen. Du weißt, dass wir am Zehnten schon loswollen? Es wäre ja schön, wenn wir vorher noch mal zusammen essen und alles besprechen würden. Sagen wir, am Samstag, dem Siebten? Meld dich! Bis denn.«

Er schluckte und fragte den Typen neben ihm, wie spät es sei.

Es war neunzehn Uhr zwanzig. Essenszeit. Zum Glück waren die Sachen fertig.

Sprint zur Bahn, Sprint zum Haus seiner Kindheit. Als er klingelte und die Tür geöffnet wurde, geschah es, dass er zum ersten Mal Herrn Rösmann gegenüberstand.

»Na, guten Abend«, brummte dieser.

»Na, schön, dass man Sie auch mal kennenlernt«, sagte Puck, die Augenbrauen vielleicht eine Spur zu hoch gezogen. Aber man konnte ihm das nicht verdenken: jemanden zu treffen, den man bisher nur gerochen hatte, war ähnlich seltsam, wie jemanden zu sehen, den man bisher nur gehört hatte – es war, als würde man beispielsweise plötzlich dem Synchronsprecher von Tom Hanks gegenüberstehen.

Herr Rösmann hatte Zeug aus dem Ökoladen gekocht, das sehr gut schmeckte.

Herr Rösmann hatte einen spitzen grauen Bart, schwarze Augen und von siebenundfünfzig Sommern zerfurchte Haut. Man nannte das wohl wettergegerbt, und Frauen wie seine Mutter fanden das offenbar erotisch. »Übrigens«, sagte er zwischen zwei Bissen Grünkernpfannkuchen, »du kannst mich Manfred nennen, wenn du möchtest.«

Puck hielt den Mund, als Manfred anfing, über die Vorteile des Selbstversorgerlebens und Ökoläden zu referieren; ihm stand der Sinn nicht nach erdigen Diskussionen mit einem engstirnigen Alt-Achtundsechziger, der alle Lebensweisen außer seiner eigenen bestenfalls von oben herab belächelte und überdies der Liebhaber seiner Mutter war.

Sie saß still daneben und zwinkerte ihm von Zeit zu Zeit entschuldigend zu.

Puck dachte an die Zeit, in der sie die Lösung aller Dinge gewesen war. Nie wieder würde sie ihn mit kühlen Händen trösten. Die tröstlichste Sache wäre ein Ort, an dem alle vergessenen Erinnerungen aufbewahrt werden.

Als Herr Rösmann kurz Richtung Klo verschwunden war und sie aufstand, um die Teller in die Spülmaschine zu räumen, wollte Puck etwas darüber sagen, sie fragen, was zu tun sei; aber Herr Rösmann kam wieder, bevor er sich dazu durchgerungen hatte.

Sein Hals tat weh.

Sie berichteten ihm noch von der Reiseroute, er nickte jede Minute und sagte Dinge wie »Ach, interessant, da würde ich auch gerne mal hin«, und seine Stimme schien eher aus der leeren Wasserplastikflasche auf dem Tisch als aus ihm selbst zu kommen; er versuchte sich darauf zu konzentrieren, sich nicht vorzustellen, wie sie vögelten.

Schließlich war der Moment da, in dem er mit seiner Mutter auf der Terrasse stand; er wollte hintenrum rausgehen, den Weg seiner Gartenkindheit. Die Luft war rötlichgrau, es würde bald dunkel werden. »Wirst du allein zurechtkommen?«, fragte sie.

»Klar, Mama.«

»Ach, bevor ich's vergesse …« Sie brachte ihm einen Umschlag, auf dem sein Name stand, und den Autoschlüssel.

Eine Umarmung, ein Durch-die-Haare-Wuscheln, Abschiedsworte, und mit Möglichkeiten in der Tasche, die er nicht haben wollte, kieselte er über den schmalen verwilderten Weg von dannen.

Er wusste, sie würden sich lange nicht wiedersehen.

Blähungen von Herrn Rösmanns Zitronen-Kohl-Suppe.

So endeten Dinge.

Er kam auf die Idee, die restlichen Mailboxnachrichten abzuhören. Außer dem Gelaber eines höchst verstimmten Konrads hatte er eine kurze Mo-Nachricht, die er kaum verstand, und eine ganz neue drauf: Sie war tatsächlich von Gwen.

Mit klopfendem Herzen blieb er unter einer Straßen-
laterne stehen, um ihre Stimme zu hören, die ihm nach
den gebräuchlichen Eingangsformeln die Frage stellte,
ob er was dagegen hätte, wenn Stefan mit auf das Konzert käme.

Die Hälfte der folgenden Nacht konnte man ihn mit
einem Revolution-Dope-Guns-Fucking-in-the-streets-
Blick durch die leberwurstfarbene Stadt streunen sehen.

Mitte dieser Woche – noch zwei Tage bis zum ent-
scheidenden Abend – verschlug es ihn aus Gründen,
die außerhalb seines Vorstellungsbereiches lagen, in die
große Kathedrale. Vielleicht erwartete etwas in ihm,
dass hier sehr, sehr alte Männer mithilfe von Bauge-
rüsten in der Stille durchsichtige Erinnerungen stapel-
ten. Vielleicht scherte er aus seiner gewohnten Ziel-
los-Strecke aus: Ring–Ehrenstraße–Neumarkt – durch
Seitenstraßen der Schildergasse, um die hirnamputier-
ten Konsumkinder zu umgehen – dann zickzack über
die Domplatte. Vielleicht versuchte er, durch diese un-
gewohnte Wegänderung einen Überraschungsmoment
auszunutzen, um die Kulisse einzurennen, ähnlich wie
Truman, als er in den Aufzug des Bankhauses stürmt
und einen Cateringraum entdeckt.

Vielleicht hatte es auch einfach etwas damit zu tun,
dass jener Nachmittag ziemlich regnerisch und stür-
misch war und er nur ein T-Shirt trug.

Puck schwappte mit einer Gruppe wispernder, zusam-
menklebender Japaner in den Bauch des riesigen Gebäu-
des. Er sah nach oben, ging ein paar Schritte, drehte sich

im Kreis und stellte fest, dass diese Art von Bauwerken vielleicht die einzigen waren, die niemals kleiner werden konnten, wenn man selbst größer wurde. Vor etwa fünfzehn Jahren war er das letzte Mal hier gewesen.

Langsam ging er eine Runde. Zweihundertfünfundfünfzig Wünsche beleuchteten das unterste Achtel des großen Mittelschiffes, das sich in grauen Höhen verlor. Die starren Heiligengesichter konnten ihm keine Fragen mehr beantworten. Er setzte sich in eine Bank und hörte dem Wispern der Japaner zu, und irgendwann wurde das Wispern zur Stille und die Stille zum Wispern; die Japaner waren längst gegangen. Ihm fielen die Augen zu. Und zwischen Wachsein und Traum kam aus den Höhen eine dünne Ahnung herangewedelt wie eine Feder: Vielleicht war er hier, weil es auch vor ihm schon Leute gegeben hatte, die eine ähnliche Unruhe wie er in sich hatten; vielleicht hatte ihre Sehnsucht hier ein Ziel gefunden, und ihre Gesichter waren nun in Stein gemeißelt in Ecken zu finden, die niemand außer den Dombaumeistern je gesehen hatte. Aber der Gedanke ließ sich nicht fassen, und als sein Kopf schließlich zur Seite sank, wusste er unbestimmt, dass alles, was er finden würde, muffige Sitzkissen und Weihrauch waren, Gerüche der Oma-Sonntage seiner Kindheit. Gott war jedenfalls nicht da. Schließlich weckte ihn ein klappernder Domschweizer, der ihm nahelegte, doch eins der Obdachlosenheime im Umkreis aufzusuchen. Puck dachte, dass er ihn wenigstens zum Abschied segnen würde oder so, einen Satz wie »Gott sei mit dir, mein Sohn« von sich geben, aber er nickte nur müde Richtung Ausgang.

Im Rausgehen überlegte Puck, ob sich tatsächlich noch Leute zur Beichte hinter diese zentnerschweren Vorhänge begaben und drei Ave-Maria zur Strafe für unkeusche Akte aufgebrummt bekamen und ob darunter womöglich auch junge, verdorben fromme Mädchen waren, die mit feuchten Lippen »Vergib mir, Vater, denn ich habe gesündigt« hauchten. Vielleicht hatte er ein völlig falsches Bild vom Katholizismus. Um seine Sünden wegzubeten, hätte er bestimmt Monate in der Kirche verbringen müssen.

Der Beton, der den Dom einschloss, lag im Dämmerlicht. Mit der Würde eines Verschmähten, der es geschafft hatte, sich einige Tage nicht bei dem Mädchen, in das er verliebt war, zu melden, sah Puck den Skatern beim Hinfallen zu. Er hatte an diesem Tag eine SMS von ihr bekommen:

HI PU, FREU MICH AUF
ASH. WIE IST DAS NUN,
HÄTTEST DU WAS DAGEGEN,
WENN S. MITKOMMT? KUSS,
GWEN.

Nun sah PU den Moment gekommen, darauf zu antworten.

KEIN PROBLEM, DANN
BRING ICH MEINE KNARRE
MIT UND LEG IHN UM, JA?

Natürlich schrieb er sich dann doch fast höfliches Zeug zurecht, von wegen, wenn sie sich das denn wünscht, könnte man ja nichts dagegen machen und. So. Weiter.

Na ja, es war zumindest höflicher als das andere. Aber doch so kühl, dass er die Würde des Verschmähten, der noch Hoffnung hatte, behielt.

Schließlich kam der Moment, da er am Tor vom Underground wartete und sie – die Hoffnung war eine Gitarrensaite, die beim Zerreißen ein lustiges Geräusch machte – mit Stefan auf ihn zukam.

Sie drängelten sich bis in die zweite Reihe. Relativ wenige Menschen wollten die Band sehen, die einzig war in der Welt; fast konnte man sich einbilden, einem *secret gig* im dunkelsten Camden beizuwohnen. Bedauerlich, dass Puck die erste atemraubende Dreiviertelstunde wieder einmal mit dem Gefühl verbrachte, nicht selbst dabei zu sein, sie nur vor dem Fernseher zu verfolgen. Dann aber veränderte sich etwas; wahrscheinlich hing es damit zusammen, dass eine Stoßwelle von links kam, welche Stefan und das Erste-Reihe-Mädchen vor Gwen wegriss. Gwen schlüpfte auf den frei gewordenen Platz, und Puck wurde neben sie gedrückt; wenig später entdeckte er das ehemalige Erste-Reihe-Mädchen direkt hinter sich, aber Stefan war in den hinteren Bereich gespült worden und kam nicht wieder.

Und gleichzeitig geschah es, dass der Bassist die ersten Takte von »Only In Dreams« spielte. Puck wusste, dass sie das Lied noch nie gehört hatte; er versuchte, es auch zum ersten Mal zu hören. Als Tim anfing zu singen, drehte Gwen sich kurz zu ihm und fragte »Ist es das?«, und er nickte irritiert und konnte sich nicht erinnern, dass er ihr davon erzählt hatte. Bis zu einer gewissen Stelle hörte es sich für Uneingeweihte an wie ein etwas einfallsloses Weezer-Cover, doch dann begann der Gitarrenpart: Tim und Charlotte kamen aufeinander zu, spielten sich vorsichtig und leise aneinander, umeinander, sahen sich in die Augen. Sie wurden schneller. Die Leute vor der Bühne hielten den Atem an, denn es war klar, dass etwas Besonderes passierte. Puck nahm Gwens Hand, ohne nachzudenken, ich hab solche Gänsehaut, sagte sie, aber eigentlich verstand er es gar nicht genau.

Und als die Gitarren sich in die Nähe des Unendlichen spielten und sich die Gesichter der Gitarristen berührten, erkannte Puck für eine Nanosekunde gewisse spinnwebzarte und für ewig festgeschriebene Parallelen und Kreise und sah Schwimmbeckenblau, so schnell und verschwommen, dass er sich nachher nicht mehr daran erinnern konnte; und vielleicht waren sogar einige Leute kurz davor, ein Geheimnis zu erkennen, als der Höhepunkt sich in einem Gitarrengewitter auflöste und das Lied wieder mit dem stillen Basslauf endete, mit dem es begonnen hatte.

Gwen ließ seine Hand los.

Nachher warteten sie am Ausgang lange auf Stefan, doch er kam nicht. »Er ist beleidigt«, sagte Gwen, »weil ich nicht nach hinten nachgekommen bin. Weichei.« Puck zuckte mit den Schultern, und sein Herz kam aus dem Grinsen nicht mehr raus.

Es regnete:

Ihre und seine Jeans, viel zu lang für eine Welt wie diese, klatschten aufs Pflaster, waren bis über die Knöchel mit Wasser vollgesogen, wurden immer schwerer, rutschten mit jedem Laufschritt tiefer auf die Hüfte runter. Sein T-Shirt klebte am Körper, ihres war leider aus dickerem schwarzen Stoff. Gwen bekam beim Rennen ihre nassen Haarsträhnen in den Mund. Wenn man sich einmal auf den Regen eingelassen hatte, wenn man gar nicht versuchte, sich unterzustellen, wenn man sich ihm hingab, so wie man sich in der ersten Reihe von der ekstatischen Menge hin- und herbeuteln ließ, und keine Angst vor den Schuhen der Crowdsurfer hatte, gab es keine richtigere Situation, als durch den Regen zur Bahn zu rennen. »Wir haben noch eine Minute!«, brüllte er atemlos durch den prasselnden Krachvorhang. Dann musste er lachen, wie er seit Monaten nicht mehr gelacht hatte, und sie fing auch an, und sie taumelten und hielten sich fest und fanden dann in den Laufrhythmus zurück, der den Regen unterlegte. Nass wie nie zuvor, high und leicht, und alles war möglich. Sie würden sich nicht erkälten, dafür hatten Ash gesorgt, indem sie Minute für Minute einen Gitarrenwandglücksschutzpanzer um sie rum gespielt hatten, der mindestens zehn Stunden nach dem Konzert intakt bleiben würde, wenn nicht länger. Sie rannten seit etwa zwei Minuten. Sein Herz hämmerte. Regen und Laufen und Gwen und Puck wurden eins; er überlegte, ob es nicht sogar möglich war, mithilfe des Gitarrenpanzers und mit den Liedern in ihren

Köpfen in den nächsten paar Sekunden die Kulisse einzurennen. Sie mussten nur schnell sein.

Und. Da. Geschah. Es. Dass sie beide gleichzeitig anfingen, dasselbe Lied an derselben Stelle zu singen. Es war nicht das große Lied dieses Sommers, das jeder sang; nicht »Shining Light« und auch nicht das Regenlied »Goldfinger« oder »Girl From Mars« oder ähnlich Naheliegendes.

Es war das wilde »Lose Control«, der »1977«-Opener: »Here comes the night …« – ein überraschter Atemzug, sie blieben stehen und sahen sich an, zwischen zwei Sekunden zwischen zwei Wirklichkeiten zwei Regentropfen, und waren noch nie so tief in jemand anderem gewesen, beschützt von Gitarrenkrach.

Die Sache war, ab einem gewissen Grad konnte man nicht mehr nasser werden.

Sie schloss die Augen, flüchtete kurz, legte in Zeitlupe ihren Kopf in den Nacken, und es war, als hätte das noch niemals vorher jemand getan. Und bevor sie ihre Zunge rausstrecken und die Tropfen probieren konnte, hatte er ihr Gesicht berührt, holte sie wieder zu sich, sie machte die Augen auf und schloss sie wieder und küsste ihn, als wäre er der Regen.

Sie küssten sich, er griff in ihre nassen Haare, sie verkrallte sich in seinem T-Shirt, alle Lieder regneten auf sie runter. Von einer Sekunde auf die andere wurde etwas in ihm aufgemacht, vielleicht nur ein wenig, aber doch merklich; Sehnsucht floss aus ihm heraus und vermischte sich mit den Küssen und ihren nassen Klamotten, und er glaubte zu beginnen, das Leben zu spüren. »Wir haben die Bahn verpasst«, sagte sie, als sie Atem holten. Der Regen war in der Zwischenzeit schwächer geworden, man würde ihn jetzt bei einem anderen Namen nennen.

»Das Lied geht noch weiter«, sagte er, »Heart beats fast, lights are low ... du weißt schon.« Er lächelte. Sie nicht.

»Puck, ich ... es tut mir leid. Es ist so über mich gekommen.«

»Aber das ist das Beste, was uns passieren konnte.«

»Nein, es ist nicht richtig. Es hätte anders weitergehen sollen.« Sein Lächeln verlor sich in einem Schlucken, in einer plötzlichen säuerlichen Spannung in den Wangen, wie kurz vor dem Kotzen.

»Es ist genau so, wie es sein sollte ... es ist der einzige Weg, verstehst du nicht?«

»Nein.« Der Bürgersteig gesprenkelt mit gebrochenem Glas. Es knirschte, als sie drauftrat. Sie sahen beide nach unten.

»Gwen«, sagte er, »ich liebe dich.«

Er holte sie ein, griff glücklicherweise nicht nach ihrer Hand, stand nur da, hinter ihr, sie drehte sich ganz von allein um, bemüht um leere Augen, zwischen ihnen nur Neins.

»Ich dich aber nicht«, sagte sie mit durchsichtiger Stimme.

Puck wollte atmen, aber es gab keine Luft mehr um ihn.

Ein gelbes Leuchtding schob sich durch den Nieselregen der Venloer Straße, wurde größer und langsamer. Gwen hob in Zeitlupe die Hand.

»Aber du weißt doch, was mit uns beiden ist. Du gehörst nicht zu jemandem, der bekackte Musik hört und keine Ahnung von den wichtigen Dingen hat. Wenn wir beide zusammen sind, sind wir ein bisschen *außen* ... wir überwinden die Welt, merkst du das denn nicht?« Das Problem mit den Wörtern: Es gab zu wenig davon, es gab nur die falschen. Je mehr von ihnen man aneinanderkettete, um Dinge festzuhalten, desto weiter drifteten Dinge davon. Er war nicht mehr fähig, selbst welche zu erfinden, und sie würde sie auch nicht verstehen. Deshalb stand er nun einfach da und wartete und sah sie an, bis das Taxi hielt.

»Kann sein«, sagte sie, kurz bevor sie die hintere Tür öffnete und ihn fest an der Hand nahm, »aber ich liebe ihn.« Nicht *ihn*. Sondern ihn. »Komm.«

Ihm war kalt, Ash hatten ihre Wirkung verloren.

Natürlich hätte er sich losreißen müssen, stehen bleiben, das Taxi hätte davonfahren müssen, sein Schild immer kleiner und blasser werden, bis es verschwand. Aber nun war er eingestiegen, fuhr den Regieassistenten davon, die ein duschenartiges Ding hochhielten, das aus dem Filmregen kam.

»Erst zum Friesenwall, dann in die Schillingstraße«, sagte sie müde. Der Schnäuzer im Rückspiegel nickte.

»Puck«, flüsterte Gwen irgendwann, »weißt du, was ich glaube?« Ihr Gesicht war nah vor seinem, sie hatte hektische Straßenlichter in den Augen. »Ich glaube, du liebst mich nicht. Nicht *mich*, verstehst du. Sondern deine Idee von mir. Und vielleicht auch die Tatsache, dass du mich nicht haben kannst.«

Er glaubte, gleich kotzen zu müssen. »Maß dir bloß nie wieder an, so über die Liebe von irgendwem zu richten«, zischte er. Sie wandte sich ab. Erst als sie wieder etwas sagen wollte, merkte sie, dass es nicht ging, weil sie weinte.

Das Taxi hielt. »Friesenwall«, sagte der Schnäuzer. Sie zahlte.

Es regnete nicht mehr.

Einige Stunden später öffnete sie mit einem Honigglas in der Hand die Tür. Puck stand mit kleinen, wütenden Augen im morgengrauen Treppenhaus, er war den ganzen Weg gelaufen. »Das stimmt nicht«, sagte er, »ich liebe *dich,* Gwen. Ich brauche dich, und ich will dich, und du kannst das nicht einfach so ignorieren.«

Sie seufzte. »Es gibt doch so viele Mädchen auf der Welt«, sagte sie, »du wirst schon noch eine finden, die zu dir passt.« Er traute seinen Ohren nicht. Die Stadt hielt den Atem an.

»Als ob es darauf ankäme!«, schrie er, nachdem die Schrecksekunde verstrichen war. Es hallte.

»Wer bist du? Warum redest du plötzlich so? Du redest wie mein Friseur!«

Er musste husten, da war wieder diese Feder im Hals, husten und husten, er konnte nicht aufhören, es war, als würden alle Nachkriegsgeister dieses albtraumhaften Treppenhauses husten.

Gwen gab ihm einen Löffel Honig, er schmeckte nach Mitleid.

»Du fragst, warum ich plötzlich so anders bin«, sagte

sie leise, »aber eigentlich haben wir nie wirklich darüber geredet, wie ich bin.« Ihre Augen huschten die Treppen hinauf und hinunter. »Eigentlich kennst du mich gar nicht, Puck. Ich hab's dir schon mal gesagt: Du hast dich in eine Idee verliebt oder verrannt.« Sie sah sich um.

»Ach, du … du hast überhaupt keine Ahnung von den Dingen«, presste er hervor. »Du lebst, und es macht dir nichts aus, dabei das Leben nicht zu spüren …«

»Puck, Stefan kommt gleich aus dem Bad. Bitte geh doch. Erspar uns allen das, ja?« Schon wieder blieb ihr die Stimme weg.

Und da geschah es, dass er etwas erkannte. Er sah sie an, wie sie da stand, hell, schön, mit Placebo-Augen und einer Sternchen-Pyjamahose, und die Erkenntnis traf ihn bis in seine Zehen und die Kapillaren seines Herzens, das einen Wimpernschlag aussetzte, um dann weiterzuholpern:

Gwen war Kulisse.

Irgendwie kam er schließlich nach Hause.

Die Ungeduld: Sie kam von innen, presste von innen heiß gegen seine Haut, prickelte von seiner Brust weiter in seinen Kopf, quälte ihn, machte ihn wütend, weil sie ein Drang war, der nach nichts drängte, weil sie einfach da war; sie kam von außen und fraß sich in seine Haut, fraß sich in seine Hände, seine Hände wurden wütend und kratzten in seine Brust. Die Ungeduld kam von innen und außen.

Dann suchte er nach dem richtigen Mittel: Beispielsweise versuchte er, nichts zu werden. Still zu sein. Nicht mehr zu denken. Er sah den Fröschen zu, stundenlang, tagelang. Einmal regnete es, ein einziges Mal. Seine Terrassentür stand offen, und die Frösche wurden unruhig; einer sprang hoch, kurz und steif, und ploppte zurück auf den Boden des Terrariums. Puck aber stellte sich lange in den Regen, bis er so nass war, dass er nicht mehr nasser werden konnte.

Es half nicht.

Um irgendetwas zu tun, ging er sich schließlich eines Tages exmatrikulieren. Es war sehr einfach, eigentlich brauchte man nur das Formblatt und einen Stift dazu. Er traf niemanden, den er kannte. Aber womöglich hätte ihn auch niemand erkannt.

Das Auto war mit leichten braunen Stadtstaubschlieren überzogen; man konnte sie abwischen, wenn man den Zeigefinger anleckte und drüberfuhr.

Am Rückspiegel baumelten ein Herr-Rösmann-Geruchsbaum, ein hässliches Tier, vermutlich ein Hund, und Babyschuhe von ihm, Puck. Den Duftbaum und die Schuhe warf er aus dem Fenster, das hässliche Tier durfte bleiben.

Puck drehte den Zündschlüssel halb um, stellte den Scheibenwischer an in der Erwartung, dass nichts funktionieren würde. Dreißig Grad Celsius, er schwitzte; die Scheibenwischer wuschen den Staub der letzten Wochen ab.

Er kurbelte das Verdeck auf. Saß mindestens eine

Viertelstunde da, bis ihm klar wurde, was nun passieren würde. Ihm blieben nicht besonders viele Optionen an jenem ersten Augustvormittag; Puck war bereits im Vorspann eines Roadmovies gefangen.

Es dauerte eine halbe Stunde, bis er seine Unter-Unter-Nachbarin ans Telefon bekam. Den Gemüseauflaufleuten direkt unter ihm traute er nicht zu, auf seine Frösche aufzupassen. Es war das erste Mal, dass er mit ihr telefonierte. Sie hatte eine schöne Stimme. »Warum sind wir eigentlich nie zusammen was trinken gegangen?«, fragte er ganz am Ende, aber sie hatte schon aufgelegt. Um 12.25 Uhr fuhr er los.

Die erste Raststätte:

Erinnerungen an Italienreisen in den großen Ferien, an Orangensaftpäckchen, bei denen man aufpassen musste, wenn man den Strohhalm reinpiekste, an den Moment, als er die falsche Klotür aufgemacht und ihn eine dicke Frau auf Augenhöhe angestarrt hatte, und er hatte nichts anderes tun können, als zurückzustarren, auch noch, als sie anfing zu schimpfen.

Puck saß nun auf der Rückenlehne einer Bank im Schatten, die Füße auf der Sitzfläche, zog bedächtig an der ersten Zigarette aus dem roten Päckchen zwischen seinen Füßen und dachte daran, dass man letztendlich völlig allein hier war. Auch der Sechsjährigen mit der dicken Brille, die eine Bank weiter mit ihren Eltern Vollkornbrötchen aß, würde irgendwann aufgehen, dass sie alleine geboren war und alleine sterben würde, dass alle Leute dazwischen nur Teil einer Art Illusion waren.

Momentan war das nicht schlimm; es war friedlich, das Alleinesein mit einer Zigarette.

Fast glaubte Puck, für einen Moment Ruhe gefunden zu haben in diesem Gedanken im Schatten auf einer Bank an der A 1, von der er nur ungenau wusste, wohin sie führte; ein paar Schritte entfernt das Auto mit allem drin, was er hatte, bewacht von einem hässlichen Tier.

Er konnte frei atmen; es war still in ihm. Die Unruhe hatte aufgehört, an ihm rumzufressen. Schon war die Überlegung nah, nun einfach wieder zurückzufahren und die Filmleute zu verarschen, welche offensichtlich vorhatten, mit ihm das Anfang-einer-Reise-Motiv umzusetzen.

Aber als die Sonne langsam in seine Richtung gewandert kam, als er aufstand, die zweite Zigarette austrat und Richtung Auto ging, passierte etwas mit ihm: Die Sehnsucht war wieder da, heiß tröpfelte sie durch seine Atemwege, ließ ihn an seinen Fingernägeln knibbeln. Es war nur ein kleiner Anfall, aber er machte ihm klar, was zu tun war: Puck begann, der Kulisse hinterherzureisen.

Ein Vorteil war, man konnte sich nicht verfahren, wenn man nicht wusste, wo man hinwollte.

Ein anderer Vorteil war, man kam schnell voran, weil man keine Angst vor dem Tod oder der Polizei hatte.

Seltsamerweise sang er viel in jenen Tagen auf den Autobahnen der Republik. Alles Mögliche, nicht nur Emo-Zeugs: auch Reggae vom alten Bob, Jugendherbergslieder, alles bis runter zu den Beach-Boys- und

Ramones-Sachen seiner Kindheit. Mit Ash hielt er sich zurück; das Meistgesungene war momentan aus offensichtlichen Gründen das große »Blister« von Jimmy Eat World.

Und auch wenn es in diesen wenigen Tagen fast eine Art krankes Glück gab – eher war es etwas anderes, für was er kein Wort mehr erfinden konnte –, wurde ihm doch nach ungezählten Raststätten und kleinen autobahnnahen Dörfern mit frustrierten Einwohnern klar, dass er das Leben auf diese Weise niemals einholen würde.

Er kam noch nicht mal so nah ran, dass er den Finger nach der Kulisse ausstrecken konnte.

Die Eindrücke um ihn wurden stumpf, wattig, und manchmal glaubte er, dass sich Dinge, die er beim Geradeausgucken in den Augenwinkeln noch sehen müsste, bereits aufgelöst hatten.

An einem Nachmittag oder einem Morgen in einem kleinen wollmäusigen Zimmer mit heruntergelassenen Rollos – er hätte nicht genau sagen können, wie er hierhergekommen war oder wer es ihm vermietet hatte – sah er sich im Neonröhrenlicht über dem Spiegel.

Seine Haare hingen ihm in die Augen, die Haut auf seinen Wangenknochen war unter der Stelle, wo die Sonnenbrille auflag, leicht verbrannt; eigentlich sah er gar nicht schlecht aus. Doch je näher er sich kam, je länger er sich betrachtete, desto mehr schien es ihm, als würde er weiter wegrücken und sich fremder werden; und etwas später passierte noch Schlimmeres: Er war nur noch ein zweidimensionales Spiegelbild, das für immer in diesem Zimmer eingesperrt sein würde, glattes Glas, eine Fläche. Wenn er sich nicht sehr konzentrierte, würde sein Gesicht zerschnitten und falsch wieder zusammengesetzt werden, nur noch verfremdete Formen, analytischer Kubismus.

Das Puck-Spiegelbild schluckte, seine Pupillen waren groß, es zitterte bis in die Haarspitzen und schwitzte kleine glänzende Stecknadelköpfe, als es gewahr wurde, dass es womöglich Teil der Kulisse war.

Puck drehte sich um, als hätte er Kleber an den Füßen, stolperte ein paar Schritte hin und her, um sich zu beweisen, dass er dreidimensional war und seine Muskeln selber bewegen konnte. Er legte sich kurz aufs Bett, probierte, ruhig zu atmen, sich nicht der Unruhe zu überlassen, die wieder begann, tief in ihm rumzufressen.

Es war einfach sehr heiß. Er würde sich davon nicht wahnsinnig machen lassen.

Draußen ging kein Wind, die Welt war ein Backofen, das Auto noch mehr. Man würde die nächsten Stunden hier drinbleiben und sich, so gut es ging, mit Wasser aus dem winzigen dreckigen Waschbecken besprenkeln müssen.

Am Anfang seiner Reise hatte sich die Sehnsucht kurzfristig im Irgendwohin gestillt; nun war das Irgendwohin zu eng geworden, viel enger noch als ein Wohin.

Alles war so klein: Mit drei Schritten hatte er den Raum durchquert, war außerdem über die Autobahnen der Republik hinweggegangen. Nackt lief er im Zimmer auf und ab, drei Schritte zur Wand, zwei zum Schrank, einen zum Bett, drei zur Wand. Und. So. Weiter.

Etwas rieselte immer und immer wieder heißkalt seinen Rücken hinunter.

Diese Haare auf seinem Kopf störten ihn irgendwie, erst riss er, dann schnibbelte er daran herum.

Mithin wurde es Abend.

Puck zog die Rollos hoch.

Er blickte auf einen Hinterhof, darüber rötlichgraudiesiger Himmel, darin der erste Stern.

Später, als er eine ganze Weile auf dem Bett gesessen und nach draußen gestarrt hatte, passierte Folgendes: Der Stern, klein, aber auffällig, weil allein am dunkler werdenden Himmel, machte ein fast vergessenes Lied in ihm auf:

Es begann mit piependen, ruhigen Elektrosternentönen, und dann fing Peter Brugger an zu singen, er saß quasi gleich hier neben ihm. Und Puck begab sich sofort runter zur schäbigen Rezeption, um nach dem Datum zu fragen. Es war tatsächlich der sechzehnte August.

Puck zahlte und fuhr los, denn der Stern und der Peter hatten ihm das Wohin gezeigt.

Es war gar nicht schwer, der Abend kühl.

Als er ankam, sahen die Wiesen noch aus wie Wiesen, und die Klos waren annähernd sauber.

Es war der Tag vor dem ersten Tag.

Der Zeltplatz hatte sich stündlich weiter ausgedehnt,

schon jetzt war er unglaublich groß. Puck war offensichtlich der einzige Mensch, der allein angereist war und vorhatte, im Auto zu schlafen.

Unzählige Leute krochen in kleinen Grüppchen über die Start-und-Lande-Bahn, tranken zwischen den Zelten die Nacht weg, erste Querverbindungen entstanden; die Nacht pfiff in freudiger Erwartung vor sich hin, das Gras kribbelte unter den Füßen und war noch nicht verklebt von Kotze und Ravioliresten.

Fast existierte das fünfte Element wieder, anders als in fernen Rocktagen nicht in seinem Kopf, sondern wirklich: Fast überall, wo man hinging, war gute Musik schon da.

Er konnte atmen.

»Was hast du denn mit deinen Haaren gemacht?«, fragte ein Mädchen, das in seiner Nähe in einem Gitarrengrüppchen auf dem nächtlichen Start-und-Lande-Bahn-Beton saß. Sie trug ein »Sportfreundin«-T-Shirt, und er dachte bei sich, dass dies ein famoser Zufall sei.

Später in dieser Nacht – sie lief schnell an ihm vorbei, ohne ihn zu berühren, ein guter Film, ein cooler Soundtrack, überall rötlicher Lichtschein auf Gesichtern, schlechtes Bier und freundliche Polizisten – schnitt sie ihm die Haare.

Sie waren lange über den Campingplatz getigert, hatten viele Statisten angequatscht, ehe sie eine Schere ausleihen konnten. Er hatte jedes Mal die Mütze ausgezogen, sich verbeugt und seine verstümmelte Frisur gezeigt.

Er hatte nicht gewusst, wie schön es ist, sich von einem Mädchen, das diese Tätigkeit nicht beruflich ausübt, die Haare schneiden zu lassen.

Puck lernte ein paar von ihren Freunden kennen, sie rauchten was zusammen, bis die Nacht fast vorbei war. Es geschah, dass er an eine Dönerbude gelehnt mit der Sportfreundin rummachte, doch sie küsste mit einer langen, nassen Froschzunge, und er verabschiedete sich ziemlich bald. Die beiden sagten mit Sicherheit etwas wie »Na, dann seh'n wir uns morgen vor den Foo Fighters am Bierstand«, aber es war klar, dass sie sich nicht wieder treffen würden. Sie waren zwei von etwa dreißigtausend, und die Sache hatte gerade erst begonnen.

Puck brauchte eine Stunde, um sein Auto zu finden.

Ein Moment am Mittag des ersten Tages:

Ausnahmsweise waren die beiden Schlangen vor den Jungs- und Mädchen-Klowagen mal gleich lang.

Für eine kleine schwammige Sekunde sah er dem Mädchen, das auf seiner Höhe stand, in die Augen.

Sie hatte ein Lied von den Weakerthans im Kopf, von dem sie zeitweise gedacht hatte, dass es vieles würde umfassen können; dann war es doch nicht groß genug gewesen.

Denn an der einen Stelle hatte sie immer »and still it rains at night« verstanden, bis ihr der erstaunliche Junge aus dem Booklet vorgelesen hatte, dass es »I still hear trains at night« hieß. Im Kopf würde sie es immer mit ihrer Zeile singen, und in gewisser Weise war sie vielleicht sogar wirklicher; denn das Booklet war mitsamt dem Jungen abhandengekommen.

Es geschah, dass er mit den letzten Sonnenstrahlen – es muss gegen neun Uhr gewesen sein, aber einzig die komischen Leute, die nur ein Eintagsbändel hatten, trugen eine Uhr – von den Rastajungs neben sich Richtung Himmel gehoben und der Menge übergeben wurde.

Sie trugen ihn gut; ein riesiges schwitzendes Wesen, das seine Hände mit den grünen Bändeln dran wie einen Weg für ihn hochstreckte. Er wurde hin- und hergebeutelt wie von Wellen, sah den Himmel, Augen, zeitweise klein die hüpfenden Figuren auf der Bühne, roch Fahnen und Gras und Sonnencreme. Mädchenfingernägel bohrten sich in seine Arme und Beine. Vorsichtig tastete er sich an die Kulisse heran, die keine Gitarre einreißen konnte, versuchte, einzugehen in die Hände und den Pseudo-Punkrock und den Himmel, und sah irgendwann schwarz und kleine Blitzlichter drin, was möglicherweise auch daran lag, dass ihm schlecht war. Als er in den vorderen Bereich gespült wurde, brach der richtige Sturm los. Er krachte ein paar Mal runter, wurde wieder hochgehievt, auseinandergerissen, verdrehte sich die Hand, blieb mit seinem Gürtel hängen; die Leute wollten springen und nicht Crowdsurfer weiterreichen.

Je schlimmer es wurde, desto leichter wurde er. Als er mit dem Rücken auf die Absperrung knallte, hatte er keine Ahnung, ob Minuten oder Stunden vergangen waren.

Die Security-Schränke im Graben zerrten ihn runter und stellten ihn auf die Füße; für eine Nanosekunde nahm er die Musik wahr, die Gitarrenwände um ihn rum, den Schweiß des Bassisten in der Luft, dann drehten sie ihm den Arm auf den Rücken und führten ihn schnell ab, um die Nächsten entgegenzunehmen.

Er hätte nun die Gelegenheit gehabt, sich in die erste Reihe zu drängeln, verspürte jedoch überhaupt kein Bedürfnis mehr danach. Stattdessen schob er sich irgendwie nach hinten, weg von der Bühne, Richtung Bierstände, Richtung da, wo die Menge bereits lichter wurde, war Jahre unterwegs.

In der nächsten dunklen Ecke pisste Puck die Angst aus sich raus und kotzte gleich hinterher. Die Pfütze roch wundersamerweise nach Orangen, doch hatte er keine gegessen.

Er lehnte sich an die Wand des Flugzeughangars, nahe dem nächsten Würgen und dem Gefühl, er sei eine steinerne Figur, um die ein Kartenhaus gebaut war; und niemand wusste, dass sie tief drinnen lebte und alles hörte und alles sah.

Als er mit dem Rücken auf die Absperrung geknallt war, hatte er wieder angefangen zu denken, und mit dem nächsten Atemzug war die Kulisse wieder da und brachte die Gewissheit mit, dass sie nie weg gewesen war und niemals weg sein würde. Er würde sie nicht einholen können.

Momentan konnte er sich nicht. Einmal. Bewegen. Wenig später vögelte er ein Mädchen ohne Gesicht und weinte sich auf Autositzen mit braunem Rautenmuster in den Schlaf.

Eine Steinfigur. In einem Kartenhaus. Von der niemand wusste, dass.

Als er irgendwann gegen Morgen aufwachte und steif über die Zeltschnüre stakste, weil er so dringend musste, bemerkte er etwas Ungewöhnliches: Es war still.

Womöglich war es das erste Mal in der Geschichte des Festivals, dass neunundzwanzigtausendneunhundertneunundneunzig Leute gleichzeitig schliefen. Er blieb stehen und hörte zu. Und dann überkam ihn erneut das Gefühl, dass die Geschichte eigentlich anders hätte weitergehen sollen, denn eine zweite ungewöhnliche Sache fand sich plötzlich im grauglitzernden Morgengras genau vor seinen Füßen: Es war ein kleines blaues Wunderding, es war – siehe an – ein durchgerissenes Backstagebändel. Puck hob es auf. Man konnte nie wissen, wozu man solche Sachen brauchen konnte. Ging pissen und wieder schlafen.

Später an jenem Tag sah er sich von unten genau die Gesichter der Crowdsurfer an, die er weitergab: Fast alle hatten lachende Münder und große ängstliche, aufgeregte Augen. Poser. Müde Schwindler, wie Herr Caulfield sagen würde.

Er aß Pommes, obwohl er keine mochte. Die Pommesfrau holte mit den Fingern das Geldstück raus, das in die Currysoße gefallen war, und tat es in die Kasse.

Das alte Fett brodelte in seinem Bauch.

Als die Stunde näher kam, da Ash spielen sollten, wusste er nicht, wohin.

Schließlich erwischte sie ihn in der Neonhelle der Duschräume, die Augen fest zugekniffen, in den Ohren nichts als das Rauschen des Wassers, in sich das nach außen drängende Loch.

Doch irgendwann, als das Wasser bereits kalt wurde, veränderte sich etwas: Eventuell war es doch ein Ton, der den Weg zu ihm fand, vielleicht die Erinnerung an einen Rocktag, vielleicht winkte Puck, wie er einmal gewesen war, mit Adidas-Füßen über Parkwege kieselnd, rückblendenmäßig aus der Vergangenheit. Jedenfalls griff Puck, wie er heute war, langsam an den Hahn über sich und stellte das Wasser aus. Er öffnete die Augen, trocknete sich ab, sprang in seine Jeans und begann zu rennen, wie er selten gerannt war; ganz plötzlich hing alles davon ab, sie noch einmal live zu sehen.

Er schluckte und schluckte im Laufen, als er hörte, dass sie gerade »Walking Barefoot« spielten.

Jetzt wurde klar, warum es sich lohnte, kleine blaue zerrissene Dinger und in den Tiefen seines Rucksacks einen Tacker aufzuheben: Eiligen Schrittes passierte er ungehindert das Security-flankierte Tor im Zaun der Zäune, sah sich um und wurde wieder schneller, rannte minutenlang zwischen WDR-Ü-Wagen und wichtigen Menschen durch, bis er tatsächlich im sagenumwobenen *Hinter* der Bühne war. Von hier aus konnte er sich direkt in den vordersten Bereich *davor* drängen; er schaffte es bis in die dritte Reihe. Es war etwas klinisch und fremd, die vier hinter Kameraaufbauten und unter monumentalen Lichtanlagen, sie spielten keine alten Sachen, und Charlotte lächelte kein einziges Mal, aber Tim kletterte wenigstens mit seiner Gibson Les Paul auf die Absperrung und ließ sich halten und feiern.

Puck sah kurz den Leuten neben sich in die glänzenden Augen; es musste geschehen, dass sie alle gleichzeitig hochsprangen, in der Luft waren, dass keins der Tausende Fußpaare mehr den Boden berührte, dass sie alle gleichzeitig wieder runterkamen, und in einer Nanosekunde würde die Welt geheilt sein, und womöglich würde eine gewisse Steinfigur zum Leben erwachen und könnte weiterlaufen. Und gleichzeitig gab er die Hoffnung auf, dass es je passiert war oder passieren würde; aber eigentlich war es auch egal, denn niemand würde es bemerken.

Bei der letzten Strophe erinnerte er sich an etwas: In einer anderen Zeit hatte es ein Mädchen gegeben, das durchscheinend war wie ein heller Gedanke; dann aber hatte sie irgendwann Sätze gesagt, die sich später in Filmen fanden. Sie konnte das Leben nicht spüren, und das machte ihr nichts. »Der kleine Prinz«, fand sie, war ein schönes Kinderbuch, ebenso wie »Jonathan Livingston Seagull«.

Später in der Nacht:

Nachdem er längere Zeit als müder Schwindler im eher langweiligen Backstagebereich rumgestreunt war und das gleiche ekelhafte Bier wie vorn getrunken hatte, gelangte er unversehens auf den Busparkplatz. Vorsichtig bewegte sich Puck durch das Labyrinth aus schwarzen Doppeldeckern mit getönten Scheiben. Er hatte das ganz starke Gefühl, hier nichts zu suchen zu haben. Sowie tatsächlich kleine betrunkene elektrische Insekten im Bauch; denn dieser Ort strahlte trotz seiner Stille so etwas wie eine Sex-and-drugs-and-Rock-'n'-Roll-Aura aus. Er hörte Stimmen.

Und es geschah, dass plötzlich im diffusen Licht das Mädchen Charlotte Hatherley mit einer Flasche Wasser um die Ecke bog.

Puck blieb eingefroren stehen und starrte unter einem kleinen Dach aus Nachtmücken in ihre dunklen Augen, die möglicherweise um ein Geheimnis wussten.

Er fragte sich, ob er tot war. »Hey«, sagte sie irritiert.

Und als er immer noch nicht den Blick abwandte oder weiterging oder etwas erwiderte, fragte sie ihn ein paar Dinge: möglicherweise, was er hier machte, ob er den Gig gesehen hatte, ob es ihm gut ging.

Jemand schleppte eine Tourbox an ihnen vorbei. Puck erzählte ihr dann irgendwas, und sie lachte.

Jemand rief aus dem Dunkel der Ladeklappen: »Charlotte, we're leaving!«

Es war Tim.

Tim, der klein und mit einem weißen T-Shirt ins Licht trat und die Mücken verwedelte.

»Bye, then …«, sagte Charlotte, »see you.«

»Tim«, rief Puck, »could you tell me the way to infinity before you go?«

Tim lachte. »I'm fucking tired, man«, sagte er mit glasigen Augen.

»Where are you going next?«, fragte Puck.

Der Bus startete, und sie standen in einer Abgaswolke.

»Home«, sagte Tim.

Gegen Morgen zerbrach Puck die einzigen vier CDs, die er mitgenommen hatte. Nur um zu sehen, ob es leicht ging. Es ging.

Es knackte leise.

Lieder lagen im schwarzen Gras wie Sternensplitter.

Man konnte von fern eine Möwe hören.

An der nächsten Tankstelle hinter Weeze musste er anhalten. Der Zeiger war bereits unterhalb des roten Bereichs. Als er sich außer der Tankfüllung noch Zigaretten, einen Orangensaft und Kekse geleistet hatte, waren ihm von den großen Scheinen nur ein paar Markstücke und Krümel geblieben.

Die Sechsjährige auf dem Rücksitz des blauen Renaults (sie trug ein Brillenpflaster auf dem linken Auge, weil sie schielte) konnte den langen, blassen Jungen dabei beobachten, wie er seltsame Sachen tat: mit großen Schritten hin- und hergehen, sich auf die Bank setzen und mit den Fingernägeln über das Holz schaben, dann plötzlich still sitzen und mit kleinen Augen durch die Gegend gucken. Er kam ihr bekannt vor; vielleicht, weil sich die Leute, die gegenüber ihrem Zuhause auf den Bus warteten, manchmal ähnlich verhielten.

Puck kramte in seinem Rucksack nach Geld und stieß dabei auf das Handy. Jetzt, nachdem es ihm seit Langem keine Nachricht mehr übermittelt hatte, wurde es wieder zu dem, was es eigentlich immer gewesen war: ein kleiner Haufen Plastik ohne emotionale Bedeutung und mit geringem materiellen Wert. Er warf es ins Klo.

Die nächste Stunde verbrachte er wieder auf einer

Rastplatzbank, auf der Rückenlehne sitzend, die Füße auf der Sitzfläche. Er konnte nicht aufhören, in seinen Augen rumzuwischen; die Dinge lagen unter einem grauen flirrenden Schleier. Die Sonne war laut in seinem Kopf.

Er zitterte tief drinnen, und niemand konnte es sehen.

Der Tankwart behandelte ihn, als wäre er gesund. Aber Puck wusste, dass die Dinge, die er eigentlich noch in seinen Augenwinkeln sehen müsste, verschwanden, wenn er sich umdrehte.

Als es dunkel wurde, fuhr er erneut los, denn nichts anderes blieb ihm übrig.

Hinter der holländischen Grenze fragte er in einem hässlichen Hotel ohne Namen nach Wasser und ob sie möglicherweise jemanden brauchen konnten, der irgendwelche Arbeiten übernahm.

Sie konnten.

Er hätte nicht gedacht, dass es ihm nach einiger Zeit so wenig ausmachte, vollgeschissene Truckerklos sauber zu machen. Es gab schlimmere Sachen. Zum Beispiel Bodo Schäfer, an den er eines Tages plötzlich denken musste. Jener furchtbare Mensch posierte mit gebleckten Gebiss und hochgerecktem Daumen auf Taschenbüchern im Arbeitszimmer von Lillis Vater und gab Anleitungen zum Reichwerden: »Kaufen Sie sich ein Fotoalbum. Kleben Sie Bilder von allen Dingen ein, die Sie einmal besitzen möchten, z. B. einen Jaguar. Schauen sie sich das Album jeden Morgen an.«

Da kotzte er doch lieber in das Klo, das er gerade sauber gemacht hatte.

Manchmal konnte er auch auf einem nahe gelegenen Hof bei der Ernte helfen, aber meistens arbeitete er in der Küche: eine Figur aus Stein, die für die anderen so aussah, als würde sie sich genauso hektisch wie sie durch die gekachelte Neonhelle bewegen.

Vielleicht geschah es in diesen wenigen Wochen, dass er dem Bewusstseinszustand eines Frosches so nahe kam wie nie zuvor. Wenn er schlief, schlief er tief und fast traumlos; Gwen begegnete ihm nie.

Es ließ sich nicht vermeiden, an sie zu denken, beispielsweise beim Kartoffelschälen. Dann verstärkten sich die Symptome; er musste sich ablenken, indem er sich eine Matheaufgabe stellte oder in den Finger schnitt. Aber was ihm einfach nicht gelang, war, sich ihr Gesicht vorzustellen. Wenn er versuchte, ihre verschwommenen Züge klar werden zu lassen, war das eine ähnlich große Anstrengung, wie eine Ahnung von gewissen Zusammenhängen festzuhalten oder einen Traum kurz vor dem Aufwachen. Puck gab es auf.

Es kam der Tag, da er genug Geld hatte, einen neuen Versuch zu machen: Er reiste der Möwe hinterher. Es würde für ein paar Tankfüllungen, neue Klamotten, Essen, Trinken, Gras und einen Schlafsack reichen. Wie immer, wenn man aufbrach, spielte jemand Gitarre, und die Sehnsucht wurde temporär kleiner; fast fühlte er sich gesund. Was nicht hieß, dass er sich nicht der

Kulisse bewusst war und der Leute darin, die mit toten Augen Fernsehen guckten und kurz elektrisch zischten, wenn man sie berühren wollte.

Der letzte Oktobermorgen sah Puck mit klaren Augen Richtung Westen fahren.

Er konnte sich noch genau daran erinnern, wo der Parkplatz war: am Rathaus vorbei, rechts am Pankoekenhaus abbiegen, die schmale steile Kopfsteinpflasterstraße hoch bis zum Hotel Nehalennia, dann links. Er war kleiner als früher, der Parkplatz.

Als Puck ausstieg, bemerkte er, dass es Herbst geworden war. Ein Continuity-Fehler, ein Lied, dessen Namen er vergessen hatte; vielleicht hatte auch nur eine Steinfigur für längere Zeit auf einem Hügel in einem Kartenhaus gestanden. Man konnte das nie wissen.

Er überlegte, die zwei Pullis, die er dabeihatte, übereinanderzuziehen. Dann ging er doch im T-Shirt los.

Man roch und hörte und fühlte das Wasser, bevor man es sah.

Die Holzstufen, die über die Dünen führten, hatten bereits keine Ahnung mehr vom Sommer.

Kurz bevor er es sehen konnte, nahm er sich vor, es zum ersten Mal zu sehen.

Und als es schließlich da war, füllte es sein Blickfeld grau und schäumend nach rechts und links und bis zum Horizont aus; ein weißes Rauschen, das seinen Kopf durchdrang, ein großes Wort, fast wie Unendlichkeit: das Meer.

Es war Ebbe; der Strand breit.

Puck begann zu laufen, Sandgewichte an den Füßen,

er zog seine Schuhe aus, wollte sich an der dichten salzigen Nordseeluft verschlucken, lief weiter, bis er das Wasser erreichte.

Dann blieb er stehen. Und. Wartete.

Tobias Puck und das Meer: Sie standen sich gegenüber und sahen sich an.

Es dauerte eine fast friedliche Weile, ein paar Herbstminuten an einem Strand ohne Namen, ehe er sie erkannte.

Mit dem nächsten Atemzug und der nächsten Welle, die kurz vor ihm im Sand verschwand, wollte etwas in ihm kaputtgehen vor zielloser Sehnsucht, aber es klappte noch nicht; stattdessen riss in einem großen Lied weit weg eine Gitarrensaite, und es hörte sich scheiße an, ehe es abbrach.

In jenem Moment war er so weit vom Meer entfernt, wie er es an keinem Punkt der Erde je gewesen war. Puck begann zu lachen. Er lachte das dröhnende Wasser aus, weil es Kulisse war, so erbärmlich in seiner schäumenden kleinen Endlichkeit.

Als das Meer Minute um Minute näher kam, erste flache Wellen mit Muscheln um seine Füße klimperten, wich er zurück. Drehte sich schließlich um, sammelte seine Schuhe auf, lief auf die Dünen zu, stapfte sie hoch, ohne sich noch einmal umzusehen.

Die Nacht verbrachte Puck mit offener Autotür und hörte dem Meer zu, bemüht, zu atmen.

Auf Autositzen mit braunem Rautenmuster heulte er sich schließlich in den Schlaf.

So endeten Dinge.

Mit dem Basslauf von »Only In Dreams«, Goethe auf dem Beifahrersitz und der fahlen Morgensonne in den Augenwinkeln fuhr Puck schließlich zurück.

An einem kalten Nachmittag geschah es, dass er in den Flur des Hauses trat, in dem er gewohnt hatte, seinen Finger auf den roten Klingelknopf legte und wenig später zum ersten Mal in der Wohnung von Laura Nasse stand. Es war dunkel in der Küche; sie schaltete das Deckenlicht an. In ihren Wangen bildeten sich Schattenpfützen, wenn sie an ihrer Zigarette zog.

»Der Kleine soll es nicht mitkriegen«, sagte sie, »jetzt schläft er gerade.« Etwas tickte laut, und Puck konnte sich dabei beobachten, wie er nervös wurde. Seine Fingernägel kratzten leicht über die Ikea-Tischplatte.

»Wo sind sie denn?«, fragte er.

»Im Kinderzimmer. Der Kleine mag sie so gerne. Könnte stundenlang mit offenem Mund dasitzen und ihnen zusehen. Vielleicht wartest du noch zehn Minütchen?«

»Klar«, sagte er und begann, mit beiden Knien zu wippen. »Ach ja, und natürlich danke.«

»Wo warst du denn eigentlich?«, fragte sie.

»Nun ja. Hier und da. Bisschen in Holland und so.«

Gefangen in einem Roadmovie über einen bescheuerten Hund, der seinem eigenen Schwanz hinterherjagt. Auf der Suche nach dem Satz Paulus': Dann aber von Angesicht zu Angesicht. Dinge des Anfangs hastig mit Dingen des Endes vertauscht und schließlich Stein geworden.

Sie nickte verschwörerisch. »Ich kenn doch euch Studenten. Wahrscheinlich drüben gewisse Geschäfte gemacht, hab ich recht?«

Er hörte nicht mehr zu. Die Uhr tickte.

»Kann es sein, dass du Fieber hast?«, fragte sie noch, »Tobias?« Sie schwieg dann auch, bis sie die Zigarette ausdrückte.

Als er schließlich mit dem Terrarium in beiden Händen im Flur stand, sagte sie, dass er wirklich sehr heiße Hände und glänzende Augen habe und sich ins Bett legen sollte, sie würde die Symptome kennen, sie habe schließlich ein Kind. Und dann sagte sie noch:

»Es ist kalt. Unglaublich kalt. Jahrzehntelang nicht mehr so kalte Herbsttage gehabt. Wenn es jetzt regnen würde …«

Er nickte und sagte tschö.

Im Treppenhaus hatte niemand das Licht angemacht. Er stolperte die Treppe hoch.

Sein Anrufbeantworter blinkte langsame Signale in die kalte Wohnung.

»Hallo, Tobias, hier ist Herr Rösmann … Manfred. Deine Mutter ist leider heiser und kann keinen Ton von sich geben. Die ganzen Klimaanlagen. Ja, wir wollten nur mal fragen, wie es dir geht … wir machen uns etwas Sorgen, weil du nie da bist. Aber das ist wohl normal in deinem Alter … haha.« Warum war ihm nicht aufgefallen, dass er lachte wie der Bundeskanzler? »Nun ja, ich würde vorschlagen, du meldest dich bei uns im Hotel in Ägypten. Wir rufen dann zurück. Die Nummer ist …«

Sie wollen diese Nachricht lösch...? Bestätigen. Nachricht ge-löscht. Piep.

Er versorgte die Frösche, sah sie eine Stunde an. Und sie sahen ihn nicht an. Und dann stand er noch eine Viertelstunde auf dem Balkon, zitternd tief drinnen, in Jacke und Pulli und Mütze gepackt.

Und dann machte er sich auf den Weg.

Seine Textilgestaltungslehrerin von der Grundschule lief sehr vorsichtig, denn Herbstblätter auf der Straße pflegten ab und zu rutschig zu sein. Sie lief immer sehr aufmerksam durch die Welt.

Er bemerkte sie erst, als sie direkt vor ihm stand; er hatte auf seine Füße gesehen.

»Hallo Tobias«, sagte sie. »Geht es Ihnen gut? Sie sehen ein wenig fiebrig aus.«

Sie war um keinen Tag gealtert. Er sagte, dass es ihm gut ging.

»Ich erinnere mich ...« Sie lächelte. »Sie wollten heiraten. Wann heiraten Sie, Tobias?«

»Heute«, sagte er.

Puck hatte zwar eine Zange in den Tiefen seines Rucksacks gefunden, aber den Stacheldraht nicht richtig zur Seite gebogen; der Kratzer auf seinem Unterarm brannte. Er stand kurz da und sah sich das Blut an. Um zu wissen, dass nun etwas Großes vor ihm war und den leeren Himmel dominierte, musste er nicht nach oben gucken.

Puck zog Schuhe und Strümpfe aus und ging mit

nackten Füßen über die Hügel; das Gras knisterte, es tat weh. Der Weg schien länger geworden zu sein.

Er konnte sich selbst von innen beim Atmen zuhören.

Die Metall-Leiter war so kalt und trocken, dass seine Haut bei jedem Höhergreifen für einen winzigen Moment kleben blieb. Jetzt, da er auf dem Weg war, sah er nicht mehr nach unten.

Er zitterte, als er oben angekommen war. Der Himmel war grauweiß und nah und laut in seinem Kopf. Sein Herz pochte.

Etwas anderes in ihm schwieg. Etwas anderes in ihm war still wie die Stille unter dem Schnee.

Puck ging nach vorn.

Seine weißen Zehen krallten sich um den Sprungbrettrand.

Er begann, ruhiger zu atmen. Die Tränen auf seinem Gesicht gefroren schon, und es kamen keine neuen. Seine Haut prickelte, aus der Kälte wurde Hitze, dann wieder Kälte, kurz sah er schwarz und flirrende Punkte, dann wieder den blau gekachelten Boden tief unten.

Und schließlich sah er noch etwas anderes, und es war das erste Mal, dass er die Anstrengung durchhielt:

Er sah spinnwebzarte und trotzdem ganz klare, für ewig festgeschriebene leise Parallelen, spinnwebzarte, klare, leise, ewige Kreise; von einem Zehner springen und lieben wie nie zuvor.

Sehnen und Staunen.

Staunen und Gitarren.

Gitarren und Sehnen.

Sehnen und Sterben.

Die Stille wurde immer stiller, bis sie so still war, dass sie wieder lauter wurde.

Puck war kurz davor, ein Geheimnis zu erkennen.

Es begann zu schneien.

*

Die drei Frösche:

Sie spürten das Gewitter und waren aus ihrer stoischen Froschlichkeit erwacht.

Ihre Kehlköpfe pumpten nervös.

Die Luft roch nach gerade noch rechtzeitig gemähtem Gras.

Abwechselnd sprangen sie steif nach oben und ploppten zurück auf den Boden.

Sie, das Mädchen, kippte das Terrarium vorsichtig zur Seite und half ihnen ins Gras.

Für einen Moment, in dem die Welt auf den Regen wartete, saßen sie starr beisammen, als wären die Glaswände noch da.

Dann aber fingen sie an, sich in vorsichtigen Hüpfern wegzubewegen.

Jeder in eine andere Himmelsrichtung.

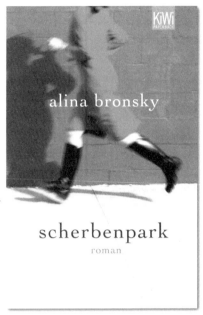

Alina Bronsky. Scherbenpark. Roman. KiWi 1118
Verfügbar auch als eBook

Die 17-jährige Sascha ist eine Pendlerin zwischen zwei Welten und in keiner davon zu Hause. Aus Moskau nach Deutschland gekommen, lebt sie mit ihren jüngeren Geschwistern im Scherbenpark – einem Hochhaus-Ghetto, in dem eigene Gesetze gelten. Aber Sascha ist scharfzüngig und altklug genug, um sich zu behaupten – und um den Leser mitzunehmen auf eine Reise, die beständig an Fahrt gewinnt.

»Ein atemloses Stakkato, der Bronsky-Beat. Schon bald entkommt man dem Sog dieses Buchs nicht mehr.«
Frankfurter Allgemeine Zeitung

www.kiwi-verlag.de

Vea Kaiser. Blasmusikpop oder Wie die Wissenschaft in die Berge kam. Roman. Gebunden.
Verfügbar auch als eBook

In ihrem Debütroman entfaltet Vea Kaiser mit großer Verve und unwiderstehlichem Witz die Welt des abgeschiedenen alpenländischen Bergdorfes St. Peter am Anger und erzählt die Geschichte einer Familie, die über drei Generationen hinweg auf kuriose Weise der Wissenschaft verfallen ist.

Kiepenheuer & Witsch

www.kiwi-verlag.de

SO WAS VON DA

TINO HANEKAMP ROMAN **KIEPENHEUER & WITSCH**

Tino Hanekamp. So was von da. Roman. Broschur
Verfügbar auch als eBook

Hamburg, St. Pauli, 31.12. Auf dem Kiez beginnt die irrste Nacht des Jahres. Nur Oskar Wrobel würde lieber liegen bleiben. Geht aber nicht. Weil ihm gleich sein Leben um die Ohren fliegt. Doch es kommt noch schlimmer ... Der musikalischste und schnellste Bildungsroman aller Zeiten!

»Eine Hommage an Adoleszenz und alltäglichen Wahnsinn, an das Sich-Vergeuden und -Verschenken, an die Armseligkeit und Großartigkeit der Kreatur. Ein großartiger Roman.«
Welt Online

www.kiwi-verlag.de